LA FONTAINE

SAINTE-CATHERINE.

I.

De l'Imprimerie de P. N. Rougeron, rue de l'Hirondelle, n.° 22.

n.° 2.

Messieurs et Dames charitables, n'oubliéz pas le pauvre Aveugle de la fontaine S.te Catherine, s'il vous plaît ?

LA FONTAINE

SAINTE-CATHERINE,

PAR M. DUCRAY DUMINIL.

Ornée de quatre figures.

Tant que cette eau coulera lentement
... ce ruisseau qui borde la prairie ;
Je t'aimerai, me répétait Sylvie....
L'eau coule encore, elle a changé pourtant !
FLORIAN.

TOME PREMIER.

A PARIS,

Chez MÉNARD et RAYMOND, Libraires, rue
des Grands-Augustins, n.° 25.

1813.

LA FONTAINE

SAINTE-CATHERINE.

~~~~~~~~~~~~~~~~~~~~~~~~~~~~~~~

CHAPITRE PREMIER.

L'Aveugle et son Conducteur.

« Messieurs et Dames charitables,
» qui passez par ici, au nom de notre
» divin Rédempteur, daignez faire
» l'aumône au pauvre aveugle de la
» Fontaine Sainte - Catherine ?....
» Messieurs et Dames charitables,
» n'oubliez pas le pauvre aveugle de
» la Fontaine Sainte-Catherine, s'il
» vous plaît ? »

C'est ainsi qu'un infortuné sollici-
tait la pitié des passans, appuyé contre
le bassin d'une fontaine, que nous
allons décrire, ainsi que les sites
pittoresques qui l'environnent.

Dans une des plus belles provinces de France, au pied des Pyrénées, entre le village de Saint-Sauveur situé sur les bords du Gave Béarnais, et le hameau de Gavarnie, d'où l'on voit ces fameuses cascades qui, par divers torrens, tombent de trois cents pieds et vont s'abîmer dans d'énormes souterrains que leur chute a creusés; au milieu enfin d'une plaine fertile, s'élevait, il y a plus de cent ans, une fontaine curieuse et renommée par les guérisons qui s'y opéraient. Dédiée de temps immémorial à Sainte-Catherine, on attribuait jadis le bien, que ses eaux faisaient éprouver, aux miracles de cette sainte; mais l'opinion des gens sensés fut, dans tous les temps, que ces eaux, comme toutes celles qui environnent ou alimentent Barrége, Bagnères et les bains de la Gascogne, avaient seules cette vertu sanitaire, sans l'intervention d'aucun miracle. Qu'on se figure six gros tuyaux formant autant de jets d'eau qui tombent dans un vaste bassin d'une seule pierre de vingt-cinq pieds de circonférence et haute de quatre : le trop plein de ce bassin remplit à côté, et plus bas, un grand abreuvoir pour les chevaux. Le tout est recouvert d'un bâtiment entièrement ouvert sur le devant et qui, par sa forme extérieure et sa grandeur, paraît avoir été une des anciennes chapelles rurales si communes dans ce pays. Il est même surmonté d'un petit clocher, comme un hermitage ; mais ce clocher, sans cloche, paraît avoir été ajouté au monument gothique, et quelques vestiges de figures grossières, sculptées sur une face latérale, font présumer que cette construction est un reste d'un temple de

Diane qu'on dit avoir existé dans cette contrée (1).

Au fond de cette espèce de chapelle, qui est adossée à un rocher, on monte une trentaine de marches creusées dans la pierre, et l'on arrive à un souterrain voûté où l'on voit la source de la fontaine, espèce de bassin rempli d'eau jusqu'à la hauteur de cinq à six pieds, et bordé d'un banc circulaire. Le rocher, qui recèle dans son sein cette source bienfaisante, a différens tuyaux de forme ronde et de matière calcaire, environnés de toutes parts de laves volcaniques dans

(1) A Lectoure, il y a une fontaine de ce genre qu'on nomme *Hondelia ;* mais comme, dans l'idiome gascon, les *f* se prononcent comme l'*h* aspirée, on doit écrire *Fondelia*, composé de *fons* et de *Delia*, surnom de *Diane* à cause de l'île de *Délos*, où elle naquit.

lesquelles il est emboîté. A son cou-
chant, coule du nord au midi un ruisseau plus bas que le rocher d'environ
deux-pieds et qui sort de ses flancs.
Du côté de l'orient, ce rocher est
couvert, de même que la moitié de
ses tuyaux, d'un tas de pierres en-
tremêlé de sables de la hauteur d'un
homme. A travers ce tas de pierres
passe le canal d'un moulin, auquel
se réunit le trop plein de l'abreuvoir
des chevaux, dont nous avons parlé
plus haut, de manière que la fontaine
et la source passent dans ce canal et
fournissent de l'eau pour faire tourner le moulin, situé à cinquante
toises de là.

Au dessus de ce rocher et au-delà
des hautes cascades qui lui servent de
fabriques, on aperçoit les Montagnes
nommées les *Tours de Marboré,* qui
offrent de loin des déchirures, des

aspérités sans nombre , ou l'image
des ruines de quelques constructions
colossales , plutôt que celle des jeux
de la nature : c'est le squelette de
plusieurs montagnes antiques dé-
charnées par une longue succession
de siècles. Ces tours de Marboré cependant paraissent moins l'ouvrage
de la nature que celui de l'art : com-
posées de bancs calcaires, elles se
perdent dans la région des nues et ne
sont accessibles qu'aux frimats. Des
neiges éternelles couvrent une partie
de ces montagnes qui semblent con-
damnées à la plus affreuse stérilité :
l'œil y cherche en vain de verds ga-
zons ; le sapin , qui se plaît au milieu
des plus arides rochers, refuse même
d'ombrager des lieux aussi sauvages ;
plusieurs torrens qui , du sein de ces
montagnes glacées, tombent en cascades , et qui passent , après leur

chute, sous des voûtes de neige, font leur unique ornement. On ne peut enfin considérer sans effroi l'horrible et imposant spectacle des tours crénues de Marboré, qui s'élèvent à la source du Gave Béarnais; elles semblent présenter à l'imagination la plus froide, la demeure sacrée du dieu qui verse, de son urne libérale, les eaux salubres de cette rivière.

C'est à l'entrée de la chapelle, près du bassin de la fontaine, que s'établit, tous les jours, depuis le lever du soleil jusque seulement au milieu de la course de cet astre, un pauvre aveugle qui répète de temps en temps sa prière accoutumée : « Messieurs et Dames charitables, n'oubliez pas, s'il vous plaît, le pauvre aveugle de la Fontaine Sainte-Catherine ? »

Cette victime du malheur a près d'elle, comme tous les infortunés de son espèce, son chien fidèle et son conducteur, jeune enfant qui lui est très-attaché. Il passe peu de voyageurs par cette route détournée, de manière que l'indigent ne reçoit que de légères aumônes.

Il s'en plaignit tout haut un matin. Le bon aveugle entendit près de lui le bruit d'un laboureur qui bêchait son champ, et lui dit : Brave homme, obligez-moi de me dire si vous voyez venir de loin quelque mule, quelque voyageur à pied ou en voiture ? — Non, lui répondit l'autre ; je ne vois personne ; je ne sais si ces champs sont bien fréquentés ; j'y viens travailler aujourd'hui pour la première fois. — Ce n'est donc pas vous que j'entends souvent retourner la terre par ici ? —C'est mon frère. Voilà dix jours qu'il est malade, et je viens, à sa place, cultiver son bien, comme il

le ferait pour moi si j'avais le malheur d'être à sa place. — Il est malade, dites-vous ? — Il s'en va ; je
crains bien de le perdre! — Comment ! un jeune homme ? — Nous ne
sommes point jeunes ni l'un ni l'autre : il a soixante-quinze ans ; j'en ai
trois de moins que lui ; vous sentez
bien que c'est le cas de dire que, si l'un
meurt, l'autre aura grand' peur !....
avec cela, nous nous sommes toujours si tendrement aimés ! — Deux
frères ! c'est bien, c'est très-bien ;
Dieu vous recevra tous les deux dans
son sein. — Mais je pense.... vous me
demandez s'il passe du monde ? ce
n'est pas que je refuse de répondre à
vos questions ; mais votre petit bonhomme pourrait bien vous le dire ; il
n'est pas aveugle, lui !—Non, mais il
a le malheur d'être muet.—Muet ! le
pauvre enfant ! il a une figure si

intéressante ?—Il est muet, muet seulement ; car il ne joint pas à cette infirmité celle d'être sourd, qui l'accompagne presque toujours. Vous voyez qu'il ne peut me répondre ?—A quoi vous sert-il alors ? — Oh, il me sert !.... plus que vous ne pouvez l'imaginer. D'abord, c'est lui qui tient la tasse et qui reçoit les pièces de monnaie que les passans ont la bonté d'y jeter. — Et.... vous.... vous vous fiez à lui ?.... — Comme à moi-même.... il me parlera bientôt ! — Comment, par écrit ? — Oh non ; il n'écrira jamais ; il ne saura jamais écrire ; mais je lui apprends à me répondre par des signes que j'ai inventés et qu'il comprend à merveilles. Il n'a pourtant reçu que trois leçons ; je vais lui en donner une devant vous ; ce sera la quatrième et vous jugerez ! (*il appelle*)

Bénédy ?..... Bénédy ? où es - tu ?

L'enfant se jette dans ses bras :
ah, te voilà, continue le pauvre
aveugle. Voyons, mon ami, si tu as
bien retenu ce que je t'ai déjà mon-
tré ? Regardez, bon villageois ; vous
allez comprendre ma méthode ; mais
il faut du temps et de l'expérience
pour la bien mettre en pratique.
J'étale mes deux mains comme cela
sur mes deux genoux. Il en fait autant ; il met ses deux mains sur les
miennes... sa main gauche n'exprime
que les cinq voyelles par le mouvement des cinq doigts l'un après l'autre... il me bat du pouce, cela fait A,
du second doigt, E, du troisième, I,
du quatrième, O, et du petit doigt
U. Les cinq doigts de la main droite
expriment les dix-neuf autres lettres
de l'alphabet, par les mêmes batte-
mens ; le pouce seul désigne quatre

lettres, B , C , D , F : pour le B , il ne
frappe qu'un coup ; pour le C , deux ;
pour le D , trois , et ainsi de suite ,
pour ce doigt comme pour les autres , qui sont également chargés
d'indiquer trois à quatre lettres. A
présent, pour me dire, par exemple,
voilà , commencement de la phrase ,
voilà du monde , demandez haut
(arrêtons-nous à ce seul mot *voilà ;*
les autres s'entendront aussi aisé-
ment), vous voyez qu'il frappe quatre
fois son quatrième doigt de la main
droite, qui veut dire V ; une fois le
quatrième de sa main gauche, chargé
de l'O ; une fois le troisième de la
même main, I ; quatre fois le second
de la main droite, qui fait L, et enfin
le pouce de sa gauche, qui dit A :
cela fait *voilà.* Quand il aura l'habitude de ces signes , et moi celle de
les comprendre, notre langage sera

aussi prompt que la parole; qu'en pensez-vous?

Le villageois reste tout ébahi. Il entend fort bien que cela est possible, et il admire l'adresse du pauvre aveugle. Voilà, dit-il, la première fois que je vous vois, brave homme, et vous me charmez! vous avez, à ce qu'il me paraît, reçu de l'éducation? — Oui, dans ma jeunesse.—Vous n'êtes donc pas aveugle de naissance? — Non, dans la dernière guerre, un biscayen m'a crevé les deux yeux. — Les deux? y a-t-il long-temps de cela? — Il y a deux ans, mon cher ami. Les places où étaient mes pauvres yeux sont devenues si affreuses, que je les cache avec ce bandeau, pour en épargner, aux regards des passans, l'aspect hideux.

L'aveugle portait en effet un grand bandeau noir qui descendait du front jusqu'au milieu du nez ; une énorme barbe blanche couvrait tout le reste de sa figure. Vêtu, avec cela, d'une longue robe brune, et portant dans ses mains un rosaire, son aspect était à la fois vénérable et touchant.

Le laboureur se sentit ému, et, mettant une petite pièce de monnaie dans la tasse que tendait Bénédy, il adressa à son maître les questions suivantes, du ton d'un véritable intérêt : Comment, vous aveugle, avez-vous pris un muet pour vous conduire ? — Je ne l'ai pas choisi ; Dieu me l'a envoyé. — Dieu ? — C'est un enfant que j'ai trouvé, un petit malheureux que ses parens, pauvres sans doute, ou fatigués peut-être de nourrir un être qui ne pouvait leur servir à rien, auront abandonné. Il y a dix ans que, voyageant en Suisse, je l'ai trouvé, mourant de froid et de

aim, à l'entrée d'une forêt : il pouvait avoir trois à quatre ans alors ;
vous voyez qu'il est bien jeune ! Mes
yeux alors, mes pauvres yeux n'é-
aient pas fermés à la clarté du jour.
Je l'emportai ; je l'élevai comme mon
propre fils, et il m'en a voué une telle
reconnaissance, qu'il se mettrait dans
le feu pour moi. N'est-ce pas, mon
Bénédy ?

L'enfant se jette au cou de son
bienfaiteur et lui prodigue les plus
tendres caresses. Le laboureur continue ses questions : il n'est pas mal
vêtu, dit-il, ce cher petit, vu sa condition et l'état qu'il exerce ! — Je ne
néglige rien pour son bonheur ;
j'aime mieux me priver de tout pour
le tenir ainsi proprement. Dieu ne
lui a pas donné un second père pour
qu'il fût plus malheureux qu'avec le
premier ! — Mais vous recevez donc

beaucoup d'aumônes ? — Il y a d[e]
jours ponr cela ; par exemple , lor[s]
que quelque personne riche s'est ba[i]
gnée dans le réservoir de cette fo[n]
taine, et qu'elle y a recouvré la sant[é]
il est rare alors qu'elle oublie le pa[u]
vre aveugle. Encore, quand des co[u]
ples d'amans (et cela arrive trè[s]
souvent) viennent se jurer, au bor[d]
de la fontaine, un amour éterne[l]
le pauvre aveugle reçoit quelqu[e]
chose. Beaucoup de cavaliers fon[t]
rafraîchir ici leurs chevaux ; me[s]
prières alors et la jolie figure de mo[n]
petit bonhomme les touchent ; mai[s]
ces bonnes fortunes sont fort rare[s]
Je gagne plus avec les buveur[s]
d'eau et les amans qu'avec les voya[.]
geurs : les ames sont trop dures dan[s]
ce malheureux siècle ; les homme[s]
sont de fer et ne cherchent qu'à s'en[.]
tre-nuire.

L[e]

Le laboureur l'interrompit en s'é-
criant : tenez , tenez , voilà un riche
seigneur qui va passer par ici ; il est à
cheval et paraît venir de son château
qui est là bas, là bas... Je le connois ,
c'est le vieux baron de Salavas ; in-
tercédez sa pitié. — Je ne demande
jamais à celui-là. Il est du nombre de
ces méchans que je vous citais tout
à l'heure. — Vous le connoissez ?
— J'en ai entendu parler.... sous cet
odieux rapport.—Il ne passe pas pour
être bon , cela est vrai.... paix ; il est
près de nous.

Quand le baron de Salavas fut bien
loin, nos deux personnages reprirent
leur conversation. Il vous a beaucoup
regardé, dit le laboureur , et même
avec intérêt. Je crois que si Bénédy
eût tendu sa tasse...—Vous dites qu'il
ne passe pas pour un homme bon ?
—Il s'en faut ! et M. Le Roc donc, son

I.   2

digne intendant, qui est si bien nommé ! c'est lui qui est méchant ! oh ! tous les vassaux du baron tremblent devant lui ! — Je le crois ! malheur à ceux à qui ces gens ont voué de la haine ! — Vous en parlez, bon vieillard, en homme qui est sûr de ce qu'il dit. — Ils ont bien tourmenté un de mes amis ! — Comment cela ? — Mon camarade, ceci est une histoire sur laquelle j'ai promis le secret. — Ah ! c'est différent.

Ici, le jeune Bénédy mit ses dix doigts sur le bras de l'aveugle, et les levant successivement, il sembla lui parler au moyen des signes sur lesquels il venait de recevoir une leçon. Quand il eut fini, l'aveugle dit tout haut au laboureur : il vient de m'avertir que l'heure à laquelle j'ai l'habitude de quitter cette place est sonnée. Il est midi, je me retire. Adieu, brave

homme.—Adieu, bon vieillard. Vous
demeurez près d'ici ?—Oh non ; très-
loin au contraire, et d'ailleurs étant
presque toujours logé par charité,
je n'ai pas de domicile fixe ; adieu.

L'aveugle, son conducteur et son
chien quittèrent la fontaine Sainte-
Catherine, et le laboureur reprit, dans
son champ, ses travaux accoutumés.

———————

CHAPITRE II.

La bonne Mère et le bon Fils.

MADAME la marquise d'Arloy étoit une grande et belle femme de trente-huit ans, dont l'ame bonne et l'excellent cœur faisaient le bonheur de tous ceux qui l'entouraient. Veuve, depuis deux ans, d'un époux adoré qui l'avait rendue la plus heureuse des femmes, elle concentrait toutes ses plus chères affections sur un fils unique qui, par ses qualités morales et physiques, méritait bien sa vive tendresse. Fidély (c'était son nom) avoit vu déja vingt printemps, et c'était le plus aimable cavalier qu'on pût s'imaginer. Doux, modeste, plein d'esprit et de talens, il joignait à

ces avantages ceux d'une physiono-
mie des plus heureuses et d'une tour-
nure parfaite. Il chérissait sa mère
qui le payait bien de retour , et
tous deux habitaient une charmante
maison de campagne , qui pouvait
bien passer pour un château , à deux
lieues de Barrége. La tendresse maternelle et la piété filiale avaient fixé
le bonheur dans cette délicieuse retraite, et l'amour et l'hymen devaient
bientôt mettre le comble à la félicité
de ses hôtes.

Fidély , qui possédait tous les talens , était occupé un jour à faire le
portrait de sa mère. Cette bonne
mère donnait une séance à son excellent fils , et elle adoucissait l'ennui de
cette occupation par des réflexions
gaies. Oh ça , mon Fidély , dit-elle ,
tu me fais réellement trop belle ! je
n'entends pas que ton amitié pour

moi te porte à exagérer mes faibles
attraits. J'approche de quarante ans,
et certes je ne suis pas aussi bien
que j'ai pu l'être dans ma jeunesse.
—En quoi, ma mère, trouvez-vous
que j'exagère ? — D'abord sur ton
tableau ! j'ai l'air d'être tout à fait
dans mon printemps. Eh puis tu me
fais d'une fraîcheur ! — Ma mère,
je vous peins telle que vous êtes ;
demandez plutôt à Micheline ; cette
bonne femme ne se connaît pas en
peinture ; ce matin, elle a vu votre
portrait et s'est écriée en joignant
ses deux mains : comme c'est bien
madame ! comme c'est bien madame ! .... elle ne vous a trouvée ni
trop jeune ni trop fraîche ; au contraire elle m'a fait remarquer que
votre bouche ne souriait pas assez ;
qu'il n'y avait pas dans ces yeux là
cet air de bonté, de douceur qui brille

dans les vôtres. A l'entendre, cette figure est dure auprès de la vôtre, et je m'occupe dans ce moment à la retoucher, à suivre ses avis. — C'est que vous me jugez tous comme vous m'aimez.

La marquise regarda son fils avec l'expression de la plus vive tendresse et soupira. Elle reprit ensuite : c'est que, vois-tu, mon ami, je sais comment tu as peint Inèsia. Son portrait est bien l'ouvrage d'un amant! Elle est jolie Inèsia, sans doute elle est très-jolie; mais tu en as fait une beauté, ah ! — Vous trouvez, ma mère, que j'ai flatté Inèsia ! et moi je pense que la copie est bien au dessous de l'original. — Pour un peu tu en dirais autant de mon portrait; mon fils me voit avec les yeux d'un amant; heureuse mère !...

Le jeune peintre quitte sa palette,

ses pinceaux , et court embrasser l'auteur de ses jours. La marquise s'écrie : il m'étouffe , ce grand enfant là !... Mais, puisque tu m'aimes, mon fils , suis donc les conseils que je te donne ! Je t'ai défendu trois choses : de chasser , de te baigner dans le Gave, et de patiner, l'hiver, sur mon grand canal. A la chasse , tu peux tomber de cheval , te blesser , te tuer avec tes armes à feu. Le Gave a des endroits dangereux pour l'imprudent qui veut y nager. La glace du canal peut se rompre et t'engloutir dans l'eau. Mon fils , mon cher Fidély , je sais qu'à mon insu tu te livres encore à ces trois exercices dangereux ! Tu regardes mes craintes comme des chimères ; tu les attribues à l'excès de ma tendresse. Et quand cela serait , mon motif n'est - il pas respectable ! c'est pour te conserver , mon ami !

Ah !

Ah ! tu ne penses pas assez que , si j'avais le malheur de te perdre , si je n'avais plus mon fils , mon cher Fidély , je mourrais, oui , je mourrais ! Ingrat ! n'est-ce pas une loi pour toi de conserver tes jours , en te privant de vains plaisirs qui me causent le plus mortel effroi !

En ce moment, le baron de Salavas entra : Charmant tableau , dit-il en souriant. Un fils dans les bras de sa mère ; cela pénètre , cela est d'un touchant !.... Je viens ajouter à votre félicité en vous apportant de bonnes nouvelles. Inèsia m'a avoué qu'elle adorait en secret Fidély depuis long-temps. Oui , marquise ! aussitôt que je lui ai fait part de l'amour que votre fils ressent pour elle , et des arrangemens préliminaires que nous avons déjà pris pour l'unir à ce qu'il aime, elle m'a ouvert son cœur , témoigné

I. 3

sa joie, et cette joie a été même si grande, que, pour la première fois de sa vie, elle m'a appelé son cher tuteur! Cette épithète de *cher,* neuve pour moi, m'a fait le plus grand plaisir ; car, sans que j'aie jamais rien fait à cette enfant, elle a toujours été envers moi d'une froideur ! ....

La marquise répond : Elle n'étoit pourtant pas froide envers sa mère, qui fut mon amie, comme vous le savez. — Et son père fut mon ami aussi. Brave officier, homme plein de courage et d'honneur, il fut tué à mes côtés dans une bataille !.... dont je me souviendrai long-temps. —Sa femme ne put survivre à sa perte. —Elle me confia la tutelle de sa fille. Il y a dix ans de cela ; Inèsia n'avait que neuf ans. Je la traitai en père ; j'eus pour elle tous les soins, la plus tendre amitié ; et je n'ai jamais pu m'en faire aimer. Aujourd'hui encore , je lui donne une grande preuve de ma condescendance à suivre ses goûts ; car je la destinais à un de mes amis , homme de trente ans, très-beau cavalier, et qui pouvait lui faire un sort!... le sort le plus brillant !....

Fidély demande vivement : Quel est cet ami , monsieur ? — Monsieur , je ne le nommerai pas ; et , puisque vous obtenez la préférence sur lui , il est de votre délicatesse de ne point soulever le voile dont il doit s'envelopper. J'en reviens à Inèsia , marquise. Son amour, clair, visible, pour votre fils , m'a décidé à donner à Fidély la préférence sur son rival. Je crois que mademoiselle Inèsia ne peut plus douter de ma tendresse pour elle.

Fidely réplique : Inèsia connaît-elle ce rival que vous avez la bonté

3.

de me sacrifier?—Elle ne connaît que son portrait. Elle ignore son état et même son nom. Mon ami n'habite pas la France, et, comme il est d'un rang très-élevé, je n'ai pas voulu exposer ce grand nom au mépris d'une enfant qui vous aurait préféré à tout autre, même à un monarque, s'il s'en fût présenté un qui eût aspiré à sa main. Inèsia ne connaît que ses traits, qui ne lui ont pas plu, voilà tout. Je sais, jeune homme, que vous avez quelquefois écouté les calomnies qu'on s'est plu à débiter sur mon compte. Jugez-moi à présent. Vous aimez Inèsia; je vous la donne. J'avais promis à votre père mourant de vous unir à ma pupille; votre digne mère a reçu de moi le même serment; je tiens ma parole. Suis-je un homme d'honneur, qu'en dites-vous?

Fidély paraît soudain frappé d'une

réflexion subite ; il devient sombre, soucieux , et ne répond rien. Qu'as-tu , mon fils, lui demande sa mère inquiète ? — Rien , ma mère ; je ne me sens pas bien , il est vrai ; mais cela ne sera rien.

Il salue le baron, sa mère, et quitte son atelier de peinture pour passer dans le salon, où il s'arrête devant le beau portrait en pied qu'il a fait de son Inèsia. Il considère ce tableau ; ses yeux sont pleins de larmes ; il se promène ensuite à grands pas et revient à l'image de celle qu'il aime. Oui, s'écrie-t-il, mon Inèsia , je serai ton époux! Je ne céderai point à de vaines terreurs... Je serai ton époux , Inèsia !

Il vient retrouver sa mère et le baron. Il est plus tranquille et se livre par degrés aux transports d'allégresse que doit lui causer la certitude de posséder l'amie de son cœur.

Comme il n'y a plus d'obstacle à redouter , on termine les arrangemens nécessaires. Vous le savez , baron , dit la marquise , je ne me suis pas remariée et je ne me remarierai jamais , par tendresse pour mon fils. J'ai soixante mille livres de rente , j'en donne vingt mille, de rente également , à mon Fidély. Il me restera encore les deux tiers de ce que je possédais , qui seront pour lui après ma mort. — Ma pupille , répliqua le baron , je vous ai déjà dit qu'elle n'avait que cent mille francs de dot. C'est tout ce que ses parens lui ont laissé. On les croyait plus riches , il est vrai ; mais lorsque j'ai liquidé leur succession , je n'ai trouvé que cela, en conscience ! Elle n'est pas si fortunée que Fidély; mais aussi quelle aimable femme il aura là ! — Eh , monsieur , répondit la marquise , je

ne cherche point la fortune pour mon
fils , mais le bonheur. Ils vivront
chez moi d'ailleurs , nous mettrons
tous nos biens en communauté ,
cela fera que je ne me séparerai jamais de mon Fidély. Ah ça , tout est
dit , n'est-ce pas , en affaires d'intérêt ? Fixons le jour de leur hymen ,
ce jour qui sera le plus beau de ma
vie. C'est aujourd'hui lundi. — Eh
bien, mettons cela à huitaine ?— Non,
à dimanche , à dimanche prochain.
C'est le jour où toutes les bachelettes
et les pastoureaux viennent danser
dans mon avenue. Cela embellira
notre fête ; les villages voisins par-
tageront ainsi nos plaisirs et notre
félicité.— Volontiers , à dimanche.

Il fut convenu de plus que les
accords se feroient le surlendemain
au château de Salavas , en présence
de tous les parens et amis des deux

familles. Le baron se retira , et l'on
fit de suite les préparatifs du voyage
d'Arloy à Salavas , qui n'en étoit
éloigné que de deux lieues.

Pendant que la marquise étoit en-
chantée de cette union , qui mettait
dans sa famille une jeun e personne
pleine de graces et de vertus , l'heureux Fidély n'en paraissait pas autant
flatté qu'elle. Quand il parlait d'Inèsia , il était dans l'ivresse de l'amour;
mais de temps en temps il levait les
yeux au ciel , soupirait , et semblait
renfermer quelque grande inquiétude.

Sa mère attribuait cela au désir
qu'il avoit de voir arriver le jour fortuné de son hymen; d'autant plus qu'il
s'écriait souvent : c'est donc pour
dimanche ! encore six jours !

Ou cinq ou quatre jours , suivant
qu'on approchait de celui-là.

La bonne Micheline, l'amie, la confidente plutôt que la femme de charge de la marquise, entra chez elle, et lui dit d'un air effrayé : eh quoi, madame ! est-il vrai que vous mariez notre Fidély ? à son âge ? si jeune ? — Il a vingt ans, Micheline ! —C'est encore un enfant. Mon Dieu ! le mettre sitôt dans un si grand embarras ! — Mais, Micheline, il aime Inèsia ; il en est aimé ; pourquoi retarderais-je !.... — Retardez, madame, en grace retardez : on ne sait pas ce qui peut arriver. Mon jeune maître, que j'ai élevé.... je tremble qu'il.... qu'il ne soit pas heureux en ménage. —Pourquoi ? Inèsia est une personne accomplie. — Je le sais ; oh ! elle est toute charmante... c'est bien la femme qu'il lui faudrait.... mais j'ai des pressentimens.... je ne sais pas.... quelque chose me dit...—Quoi ? tu aimes mon

2..

fils, et tu voudrais reculer l'instant de son bonheur! — C'est que.... .

Micheline s'approche de l'oreille de sa maîtresse et lui dit à demi-voix : Vous savez bien ce pauvre aveugle de la Fontaine Sainte-Catherine, là bas? — Eh bien? — C'est un saint homme! il a, dit-on, la vertu de prédire l'avenir. — Bon, quelle folie! — Ce n'est point une folie, madame; c'est comme j'ai l'honneur de vous le dire. Ce matin, j'ai été voir ma cousine à Barrége; en revenant, je me suis arrêtée devant la fontaine, et, tout en donnant à son petit garçon, j'ai dit à l'aveugle : oh, bon vieillard, le jour du mariage de mon jeune maître, je vous enverrai douze francs. — Bien obligé, bonne dame, m'a-t-il répondu. Quel est votre maître? —C'est M. Fidély Léonce d'Arloy, fils de madame la marquise...—

Je sais, une bien respectable dame.
Dites-lui, ma bonne, que Dieu, qui
me permet souvent de lire dans l'avenir, m'engage à l'avertir de ne pas
marier son fils avant qu'il ait atteint
l'âge de vingt-cinq ans ; il serait malheureux ; je sais qu'il serait très-mal-
heureux ! — L'aveugle t'a dit cela ?
— Comme j'ai l'honneur de vous le
répéter. — Et tu crois à ce radotage ?
—Comment, madame ; c'est un saint
que cet homme là. —Folle que tu es !
connaît-il mon fils, moi, Inèsia ? crois-
tu qu'il y ait un homme au monde
qui ait le don de prophétie ; et ne
vois-tu pas que celui-ci n'est qu'un
vieil hypocrite qui feint de dire l'a-
venir pour tirer de plus fortes aumônes de ses dupes ?—Oh, madame,
cet homme là n'est pas ce que vous
pensez ; il ne demande pas davantage
pour cela. — Laisse là tes craintes

chimériques et prépare-toi toujours
à nous accompagner aujourd'hui à
Salavas, où nous allons faire les accords de nos jeunes gens. A-t-on apporté ses habits de noces? je veux
qu'il soit d'un brillant!.... il est si
gentil avec cela, Fidély, que chacun
va s'écrier : ah, le charmant cavalier!
le charmant cavalier!... Vois-tu, Micheline, tout le monde enviera le
bonheur de sa mère et de sa jeune
épouse!... Allons, dis à Julie de venir m'habiller?

Micheline sortit en secouant la
tête, comme si elle se disait : voilà
un mariage que je ne vois pas de
bon œil!

Fidély de son côté remarquait la
sombre tristesse de Micheline. Cette
bonne fille, qui l'avait élevé, qui le
chérissait comme une seconde mère,
paraissait voir avec peine un hymen

qui comblait tous les vœux du jeune homme! Cette remarque l'inquiétait, l'affligeait, et cela, joint au sérieux de ses propres réflexions, l'empêchait d'être aussi joyeux qu'il aurait dû l'être dans une pareille circonstance.

La mère, le fils, accompagnés de quelques parens et amis, partirent, avec Micheline, pour le château de Salavas, dans l'intention d'y dîner, d'y signer le contrat, d'y coucher enfin, et de revenir tous le lendemain à Arloy, pour y faire les apprêts de la superbe fête qu'on devait y donner le dimanche suivant.

~~~~~~

CHAPITRE III.

Sermens d'amour, accord parfait.

IL me semble, Bénédy, qu'il passe par ici, ce matin, plus de monde qu'à l'ordinaire ?

C'est l'aveugle, qui, toujours appuyé contre le bassin de la fontaine Sainte-Catherine, fait cette question à son jeune muet. Bénédy lui répond par ses signes accoutumés, qu'en effet, il a vu passer beaucoup de belles dames en caleche, et des grands seigneurs à cheval, suivis de leurs domestiques.

Le même laboureur qui, quelques jours avant, avait lié connaissance avec le pauvre aveugle, était là. Il s'approcha de lui et lui dit : j'ai

entendu ce que vous venez de dire,
bon vieillard, et je puis vous instruire du motif de ce concours extraordinaire... vous reconnaissez bien
ma voix, n'est-ce pas? — Oh, oui,
oui. Et votre frère? — Il va mieux,
beaucoup mieux. Je lui ai parlé de
vous ; il vous connaît bien, lui, très-
bien : il vous a vu cent fois à cette
place, et il vous plaint autant qu'il
vous estime. — Il... me connaît ? —
Il m'a dit sur vous des choses !.... —
Des choses ?... quoi, de grace ? — Je
ne vous les répéterai pas, cela bles-
serait votre modestie.... — Il peut se
tromper sur mon compte.... bon laboureur, je ne suis pas ce que je vous
parais.... je vous semble bon, doux,
respectable, et je suis, au fond, le plus
grand pécheur !.... mais vous vouliez
me dire ce qui amène aujourd'hui
tant de voyageurs sur cette route ?

Le laboureur s'approcha de son oreille et lui dit tout bas, comme s'il allait lui communiquer un grand secret : il se prépare, dans ce canton, une fête magnifique, un mariage des plus distingués. — Qu'est-ce qui se marie, s'il vous plaît ? — Le fils unique de madame la marquise d'Arloy épouse, dimanche, la belle Inèsia, pupille du baron de Salavas.

L'aveugle soupire, en répondant : je le sais !

Le laboureur continue : c'est un jeune homme charmant ; la jeune personne est accomplie ; vingt ans l'un, dix neuf ans l'autre, cela fait un couple des plus intéressans. C'était hier la cérémonie des accords, voyez-vous. Plus de soixante personnes, tant parens qu'amis, étaient réunis au château de Salavas, et, ce matin, nous voyons revenir ceux qui y ont

passé

passé la nuit , et qui retournent à
Arloy. Vous ont-ils fait beaucoup
d'aumônes?—Presque tous les parens
de madame la marquise me donnent;
ceux du baron , jamais ; ils ont le
cœur aussi dur que lui. —Les jeunes
accordés n'ont pas encore passé ; ils
vous donneront, eux! ils sont si bons,
si obligeans, si aimables ! —Ce mariage est - il bien décidé ? — Tout
à fait ; les jeunes gens s'adorent ,
et madame la marquise , cette excellente mère, brûle de faire le bonheur
de son fils.

L'aveugle soupire encore et réplique : le jeune homme y consent donc?
— Il est au comble de la joie.

Nouveau soupir de la part de l'a-
veugle , mais plus fort, et accompagné de cette exclamation sourde :
oh , mon Dieu ! — Qui peut vous
affliger , infortuné ? vous ne pouvez

être jaloux du bonheur d'autrui ?
— Je prie mentalement le divin Rédempteur de bénir l'union de ces jeunes gens. — Elle sera heureuse ; rien ne peut nuire à leur félicité. Ils ont de la jeunesse, des graces, de la santé et avec cela une grande fortune ; car on dit qu'ils vont commencer leur ménage avec vingt-cinq à trente mille livres de rente. Eh puis, ils auront l'héritage de la marquise, qui est immense. On sait qu'une tante de cette dame lui a légué, en mourant, près d'un million, capital qu'elle a su augmenter encore par de sages placemens. — Je savais cela. — Vous connaissez donc madame la marquise ? — De réputation. — C'est une femme parfaite. — En tout point. — Qui chérit son fils !... Elle mourrait si elle s'en voyait séparée seulement pendant une semaine. — C'est vrai

(nouveau soupir), elle en mourrait!
—Mais elle n'aura pas ce chagrin là
à redouter; son fils et sa bru vont
demeurer avec elle. — On le croit.
—Cela est sûr. Je tiens ces détails de
dame Micheline qui a élevé M. Fidély,
qui est tout au château.... Mais je vois
de loin.... un jeune homme sur un
cheval fringant.... une jeune personne aussi sur un élégant coursier....
Je crois reconnaître.... Oui, c'est lui,
c'est M. le marquis d'Arloy, et la
toute jolie Inèsia, qui galoppent côte
à côte. Ils sont suivis de trois domestiques qui pressent leurs mon-
tures.... Ils viennent de ce côté....
Ils vont sûrement se reposer à la
fontaine, y faire rafraîchir leurs
chevaux. Demandez, bon aveugle!...
Les jeunes amans qui sont heureux
seront certainement touchés de votre
infortune. Je retourne à mon champ,

moi , pour ne gêner personne.

Le laboureur s'éloigne , et Fidély, ainsi que sa chère Inèsia, s'approchent en effet de la fontaine , où ils mettent pied à terre. Tandis que leurs valets guident leurs chevaux à l'abreuvoir, Fidély , s'asséyant sur un banc de gazon pratiqué devant le bassin aux jets d'eau , engage Inèsia à faire comme lui. Les voilà assis l'un près de l'autre. Enfin , dit Fidély , le contrat est signé ; rien ne peut plus traverser notre félicité ; car , dans trois jours, la cérémonie nuptiale sera célébrée , et nous serons l'un à l'autre ! — O mon cher Fidély ! le plus doux de mes vœux va donc être accompli!... mais faisons-nous bien de nous arrêter seuls ici ? — Seuls ? nos gens n'y sont-ils pas avec nous ?.... Les dames ont pris les voitures ; il n'en restait plus qu'une pour ma mère et ses trois vieilles parentes : on nous a permis de faire ce petit voyage à cheval, exercice où tu excelles , mon Inèsia ! Comme nous allons plus vîte que ma mère , nous trouvons le temps de nous reposer , voilà tout. Ton tuteur et son intendant viendront à cheval comme nous ; mais ils ne partiront de Salavas que lorsqu'il n'y restera plus personne de la compagnie. Dis-moi , mon Inèsia , tu n'es pas fâchée de passer quelques instans éloignée de ton tuteur , avec moi sur-tout qui suis déjà à moitié ton mari ? —Puis-je dans aucun cas, mon ami, regretter monsieur de Salavas , qui fut le tyran de ma jeunesse, qui voulait me sacrifier à un homme que je n'ai jamais vu, et que je déteste d'autant plus qu'il est son intime ami ! —Quel est ce rival, Inèsia ? — Je l'ignore; je ne sais ce qu'il est , ni le lieu qu'il habite ; on m'a dit seulement qu'il n'était pas Français, qu'il pouvait me faire jouir du sort le plus brillant ! J'ai été persécutée pour cet homme, ah, mon ami ! On m'a menacée du couvent, d'un esclavage perpétuel.... Il n'y a pas dix jours que mon tuteur était encore furieux contre moi, et me menaçait de me punir de mon refus par toutes les peines imaginables ! Tout à coup sa sévérité s'est changée en une extrême douceur. Sur un paquet qu'ils ont reçu par la poste (je dis qu'ils ont reçu ; car Le Roc est le digne confident de son maître), ma situation a changé subitement ; on a approuvé mon amour pour toi, et l'on s'est enfin décidé à m'unir à ce que je chéris le plus au monde, sans me reparler jamais de l'étranger qu'on m'avait, disait-on, destiné dès mon enfance. Il faut que la lettre en question leur ait appris de grandes nouvelles relativement à cet étranger.

Fidély serre une main de son amie dans les siennes, en s'écriant : que ta constance me touche, chère Inèsia ! — Ne m'en sache aucun gré, mon Fidély ; j'étais si malheureuse avec mon tuteur ! Figure-toi le caractère le plus dur, le plus despotique ! ennemi des arts, de tous les plaisirs ! un homme qui n'a d'autre occupation que celle de s'enfermer avec son Le Roc, ou de se promener et causer avec lui ; on les prendrait pour deux conspirateurs ; car ils se parlent sans cesse à demi-mot, et ont toujours de grandes affaires auxquelles il est impossible de comprendre la moindre chose ! Voilà les deux individus que j'ai eu devant les yeux depuis la mort de ma pauvre mère, qui aurait bien dû confier ma tutelle à tout autre parent, plutôt qu'à ce méchant homme !

Fidély la serre dans ses bras et répond : Tu ne le craindras plus, Inésia ! tu vas secouer son joug affreux pour connaître les doux liens de l'amour et de l'hymen ?... de l'amour, Inèsia ? dois-je compter toujours sur le tien ? — N'aurais-je pas plutôt à craindre ton changement, mon Fidély ! — Moi, changer, grand Dieu ! Inèsia, vois-tu cette fontaine ? Elle fut témoin des sermens de cent couples d'amans qui, comme nous, sont venus s'y reposer. Je te le répète, ce serment sacré qu'ils ont dû faire : oui, mon Inèsia, tant que cette eau coulera et alimentera cette petite rivière, qui fait tourner ce moulin, je t'aimerai, je t'adorérai, je ne vivrai et ne mourrai que pour toi !....

O

O mon amie, répéteras-tu ce serment que le ciel entend sans doute et dont il nous punirait, si nous le trahissions. — Oui, mon Fidély, je jure de t'aimer jusqu'à mon dernier soupir.

Ici l'aveugle, qui s'était tû jusqu'alors, éleva la voix et dit : Messieurs et Dames charitables, n'oubliez pas le pauvre aveugle de la fontaine Sainte-Catherine, s'il vous plaît ?

Ces mots, prononcés très-haut, font sur Fidély l'effet de la foudre. Il se retourne, effrayé, et regarde le vieillard d'un air stupide, comme un homme qu'une foule de pensées vient assiéger à la fois.—Ciel, s'écrie Inèsia, pourquoi la voix de cet indigent vous émeut-elle à ce point ?

Fidély, pâle et tremblant, lui répond en balbutiant : c'est que.... je n'avais pas remarqué là ce vieillard..

je.... je croyais être seul avec toi.....
quand on ne s'attend pas.... cela m'a
troublé.... il a raison, cet infortuné,
d'intercéder la pitié d'autrui, la nôtre
sur-tout... il ne nous aura pas sup-
pliés en vain.

Fidély paraît se remettre. Il jette
une pièce dans la tasse du jeune Bénédy, qui, sautant de joie, fait entendre par signes à son maître que
c'est un louis qu'on vient de lui donner. L'aveugle le prend et veut le
restituer à Fidély, en lui disant :
Monsieur s'est trompé ; il n'a pas cru
sûrement me donner une pièce d'or ?
— Je savais ce que je vous offrais,
bon vieillard, lui répond le jeune
marquis ; gardez-le, gardez ce louis ;
il est bien juste que vous participiez
aux événemens heureux qui m'arrivent. — Heureux, monsieur le marquis !... (*il soupire*) je le souhaite,

et vais prier Dieu pour qu'il vous prenne sous sa divine protection. *Pater noster, qui es in cœlis...*

Le vieillard récite tout bas l'Oraison dominicale, et Fidély, surpris de ce qu'il l'a nommé *monsieur le marquis*, lui fait cette question : Est-ce que vous me connaissez, bon aveugle ?

Il ne répond pas.

« Vous savez donc qui je suis ? »

Même silence.

« Est-ce au son de ma voix que vous m'avez nommé ? »

Pas un mot.

« Daignez répondre ?... »

L'aveugle se tait toujours. Fidély, qui a ses raisons pour insister, va renouveler ses questions; mais il est interrompu par l'arrivée du baron de Salavas et de son confident Le Roc, qui descendent tous deux de cheval.

5.

Le baron s'approche d'un air gracieux des deux amans et leur dit :
Veuillez poursuivre votre voyage, mes enfans ; je vous rejoindrai bientôt ; j'ai quelque chose à dire à ce pauvre aveugle.

Fidély en avait aussi beaucoup à lui dire ; mais il se voit forcé de reprendre sa route avec Inèsia. Tous deux remontent sur leurs coursiers et s'éloignent, ainsi que leurs gens.

Le Roc dit tout bas à son maître : Quelle affaire avez-vous à démêler avec ce mendiant ? — Une de fort peu d'importance ; mais je ne serai pas fâché de punir ce drôle qui se mêle des affaires de famille. La marquise m'a dit hier, en riant, qu'il avait tourné la tête de Micheline, au point que cette bonne femme entrevoyait mille malheurs dans l'union de son jeune maître avec ma pupille.

C'est de cela que je veux lui parler.

Il s'adresse à l'aveugle : Bonhomme, lui dit-il, connais-tu la marquise d'Arloy. — On m'en a souvent parlé comme d'une femme très-estimable. — C'est vrai. Et son fils ? — On m'en a fait aussi l'éloge. — Et sa prétendue, Inèsia d'Oxfeld ? — Je n'ai pas l'honneur de la connaître. — Si tu ne la connais pas, pourquoi t'avises-tu de prédire qu'elle fera le malheur du jeune marquis ? — Je n'ai pas dit un mot de cela. — Non ; mais tu prétends qu'il ne faut pas le marier avant l'âge de vingt-cinq ans ? — Oui, je l'ai dit, et je persiste dans cette opinion. — Quels sont tes motifs ? — Ce n'est pas à vous que j'en voudrais rendre compte. — Ce n'est pas à moi ! me connais-tu ? — Oui ; à votre voix, je sais que vous êtes le baron de Salavas. — Je suis en effet le baron de Salavas. — Ami d'un jeune seigneur qu'on appelle Léonardo. — Paix ! il ne faut pas qu'on se doute.... Mais d'où sais-tu cela ?— — J'ai voyagé, monsieur le baron ; j'ai obtenu des secours du bon cœur de ce seigneur Léonardo. Je vous ai souvent entendu causer avec lui, et voilà ce qui fait que votre voix.... — Tu en imposes ! qui es-tu ? — Vous le voyez, un malheureux privé de la vue et qui mendie son pain. — Ton nom ? — Il vous est absolument étranger, monsieur. — Encore, je veux le savoir. — Le père Eustache ; c'est le nom que mon petit conducteur, que tout le monde me donne. — Eustache ? voilà un nom bien distingué pour croire que tu as pu approcher des grands. — Sous le rapport de leur bienfaisance. — Et pourquoi cet air de mépris insultant, quand tu as dit tout à l'heure que ce n'était pas à moi que tu voudrais rendre compte des motifs de ton sot avertissement ?—Monsieur le baron ! si j'ai le talent de prédire l'avenir, vous devez présumer que je possède celui de deviner le passé ! — Le passé ? qu'est-ce à dire ? quel est cet homme, Le Roc? le son de sa voix ne m'est nullement étranger. — Ni à moi, répond Le Roc étonné.—Je l'ai entendue quelque part. — Et moi aussi. — Vous l'avez entendue, interrompt l'aveugle, chez le seigneur Léonardo; j'ai demandé long-temps l'aumône à sa porte. — Cela peut-être ; mais enfin pourquoi faut-il ne marier Fidély qu'à l'âge de vingt-cinq ans ? — L'hymen doit faire à jamais son malheur. — Comment ? — C'est ce que la suite expliquera.— Mais encore ? — Dieu ne me permet

pas d'en dire davantage. — Vieil
hypocrite ! pense-tu nous terrifier
comme tu l'as fait de cette bonne et
trop crédule Micheline ? — Je n'ai
point terrifié Micheline.—Elle fatigue
la tête de sa maîtresse cependant, en
la suppliant vingt fois par jour de
reculer ce mariage. — Dame Micheline peut avoir raison.... mais, messieurs, je vous demande pardon;
midi sonne ; c'est l'heure à laquelle
j'ai coutume de me retirer. Je vous
salue.... Conduis-moi, Bénédy ? *Veni
creator Spiritus... (il continue bas)*.

Il s'éloigne. Le baron veut le retenir, le forcer à s'expliquer. Le Roc
arrête son maître par le bras : Eh,
monsieur, lui dit-il, que voulez-vous
demander à ce vieux fou, qui ne sait
que marmotter toutes les prières de
l'église ? Ne voyez-vous pas que, se
croyant le don de divination, il dit

cent sottises auxquelles il ne faut pas prendre garde. — Mais il me cite Léonardo ! — Il a couru l'Italie apparemment, et connu ce seigneur, comme il le dit, par ses bienfaits. — Y avait-il en effet un aveugle à sa porte ? — Je ne m'en souviens pas ; cela a pu être. Et que vous importent les prédictions de ce vieux cagot ! vous vouliez marier Inèsia au seigneur Léonardo qui l'aurait prise sans dot ; cela n'a pas réussi. Vous la donnez au jeune Fidély, qui se contente de cent mille francs que vous lui proposez, ce qui vous fait garder pour vous trois cent mille livres qui reviennent encore à la jeune fille de la succession de ses père et mère. La confiance que vous a vouée la famille d'Arloy est cause qu'elle vous a signé, hier, en même temps que le contrat,

5..

la promesse de ne jamais vous demander compte de la gestion des biens de votre pupille ; Inèsia a signé la même renonciation ; que demandez-vous de plus ? n'êtes-vous pas assez heureux de vous enrichir aussi facilement ? Hâtez donc ce mariage qui vous débarrasse en sus d'une petite fille sotte, vaine, insolente, qui vous déteste et me fait l'honneur de me comprendre dans ce louable sentiment.— J'entends fort bien cela.— Ecoutez donc, monsieur ; il est temps que nous nous reposions ; nous avons assez fait des nôtres ! — Pourtant, je n'abandonne pas mon grand projet ! si nous pouvions rendre au seigneur Léonardo un si grand service, juge de la fortune immense et des places éminentes qui deviendraient ma récompense, et la tienne par conséquent !—Paix, monsieur ! ne parlons

de cela que quand nous sommes ren-
fermés seuls.... Dans ces campagnes,
il peut passer.... justement, voilà un
paysan tout à côté de nous, et qui
nous a entendus peut-être ! — Non,
nous parlions trop bas. Il faut que je
le questionne sur le compte de l'aveugle. Eh, mon ami ? mon ami ?

Le laboureur s'approche : Que veut
monsieur le baron de Salavas ? — Tu
me connais aussi, toi ?—Pardi, monseigneur, j'ai un petit neveu qui a
l'honneur d'être aide jardinier au château de monseigneur. Eh puis, j'ai
ma femme qui est la sœur de lait de
la cousine.... — C'est bon, c'est bon !
veuille me répondre ? Connais-tu cet
aveugle, qui tous les matins, à cette
fontaine ?.... — Oui, monseigneur ;
c'est le père Eustache, un bien digne
homme, un saint homme. — Y a-t-il
long-temps qu'il vient là ? — Il y a

deux ans à peu près ; depuis le matin
jusqu'à midi , quelque temps qu'il
fasse , il implore la pitié des passans
pour son malheureux état.—Il a l'air
en effet.... — Figurez-vous , monseigneur, qu'en place de ses deux yeux,
qui ont été brûlés par un biscayen,
il a sous le front, dans la figure,
deux grands trous tout rouges , qui
sont si affreux , si affreux , qu'il est
obligé de porter un bandeau noir
dessus pour ne pas effrayer les femmes et les enfans. Oh, c'est une
chose à faire reculer d'horreur ! —
Par un biscayen ? il a donc servi ? —
Oui, monseigneur, simple soldat,
mais plein d'honneur. — Il se vante
de lire dans l'avenir ? — Je le crois ;
c'est un véritable saint, je le répète.
Que penser de lui en effet quand on
est certain que son arrivée ici a ré-
pandu toute sorte de bonheur dans

nos campagnes et sur ses habitans.—
Comment ?—Oui, monseigneur. Les
blés sont plus fournis que par le
passé ; les vignes sont superbes, et
tous les indigens sont soulagés. —
Tous les indigens sont ?.... — Secou-
rus !... on ne sait par qui ; mais ils re-
çoivent maint et maint bienfait, dont
on ne peut deviner la source. Un père
de famille tombe malade ; ses enfans
en bas âge ne peuvent le secourir,
ni travailler pour lui. Un matin, on
trouve sur le seuil de sa porte vingt
écus, avec ces mots sur le papier qui
les enveloppe : *Pour le pauvre malade, père de six enfans.* La veuve
Deschamps (monseigneur ne la connaît pas ; mais c'est égal) , la veuve
Deschamps était dans la dernière
pauvreté ; on allait vendre ses meu-
bles pour acquitter son loyer ; tout à
coup son propriétaire se trouve payé

par un inconnu, et le boucher apporte, deux fois par semaine, à cette pauvre femme un pot au feu, en lui disant qu'il est payé d'avance pendant un mois pour cela.

Le baron regarde Le Roc et reste stupéfait. Le laboureur continue : Un pauvre couvreur tombe du haut d'un bâtiment et se blesse ; sa veuve et ses enfans restent sans pain. Une bonne femme entre chez eux, leur remet dix louis et leur dit : On vous envoie cela ; ne cherchez pas à deviner qui ; vous pouvez en disposer. Et elle sort !

L'étonnement du baron redouble. Enfin, poursuit le laboureur (car je ne finirais pas si je vous détaillais tous les actes de générosité qui se font dans nos environs par des anonymes), demandez à M. le curé du village voisin s'il n'a pas reçu, l'hi-

ver dernier, une somme considérable pour être partagée entre tous ses
pauvres? Il est encore à savoir qui
la lui a envoyée. — Quand cela serait, répond le baron, pensez-vous,
mon ami, que ce soit la présence de
cet aveugle qui attire sur vos com-
patriotes tant de bienfaits? — Par
exemple, il n'y a pas à en douter.
Depuis deux ans, il a fait plusieurs
absences; une de deux mois entre
autres, une autre de trois mois sur
la fin de l'été dernier; eh bien, pendant ce temps-là, tous les bienfaits
dont je vous parle ont été arrêtés;
ces bienfaiteurs anonymes n'ont re-
paru qu'à l'époque de son retour à la
fontaine. Dès le premier jour, monseigneur, sept à huit indigens ont
reçu, l'un six francs, l'autre neuf,
celui-ci douze, celui-là quinze, enfin
plus ou moins; et, tous les jours,

cela n'a pas discontinué. — Est-ce qu'on n'a pas été curieux de connaître, d'interroger, de suivre les gens qui remettaient ces cadeaux ? — On ne le pouvait pas ; ils se faisaient comme par enchantement. On raconte là dessus des choses singulières dans nos villages. Un habitant laissait-il sa fenêtre ouverte ? en rentrant le soir, il trouvait dans le milieu de sa chambre une grosse pierre à laquelle était attachée une pièce d'or avec un écrit ; oh ! toujours un écrit, portant ces mots divers : *A vous. C'est pour vous. On vous donne cela. Gardez cet argent.* Une bonne vieille femme a trouvé un jour, comme elle allait tremper sa soupe, un double louis au fonds de sa marmite, et pourtant elle n'était pas sortie de chez elle ; elle était bien sûre que personne n'y était venu. Je vous dis,
monseigneur,

monseigneur, cela vraiment tient du miracle. — Et quand l'aveugle est absent ? — Oh ! rien alors , plus rien, pas une obole.—C'est donc lui qui ?... — Bon ! avec quoi ? on ne donnerait pas un écu de toute sa défroque ; il reçoit si peu , et mange un pain si noir ! — Où demeure-t-il ? — Il couche tantôt dans une écurie , tantôt dans une grange, par-tout où on veut bien le loger. Non , ce n'est pas lui ; mais ce sont ses prières qui attirent tant de bénédictions sur nos campagnes. — Pauvres gens, qui croyez!... Allons , c'est bon , mon ami; j'en sais assez et je vous remercie. Viens, Le Roc.

Le baron et son confident arrivèrent à Arloy, en s'entretenant de tout ce qu'ils venaient d'entendre , en formant mille conjectures qui se détruisaient toutes les unes par les autres.

Ils trouvèrent là tout le monde content, tranquille, heureux, et s'occu-
pant des préparatifs, des parures,
des bijoux destinés à orner les deux
époux le jour de leur mariage,
dont la messe devait se célébrer par
l'aumônier de la marquise, dans la
chapelle de son propre château.

CHAPITRE IV.

Jour d'hymen. Indiscrétion d'une femme.

MICHELINE était la seule personne qui ne partageât point la joie commune. Plus le jour du mariage approchait, plus elle devenait sombre et chagrine. On attribuait cette humeur noire aux funestes pressentimens que lui avait insinués l'aveugle. Cela surprenait cependant ; car Micheline, femme de quarante-cinq ans, n'était ni assez vieille, ni assez simple, pour croire aux prédictions d'un vieux fou, ainsi qu'on nommait le père Eustache. Micheline, au contraire, avait de la raison, du caractère, beaucoup de tendresse pour ses maîtres, et elle n'était nullement bigotte. D'où venaient donc ses inquiétudes et sa tristesse ?

Fidély seul pouvait en soupçonner le motif; mais il n'osait l'interroger à ce sujet, dans la crainte d'en apprendre plus qu'il n'en voulait savoir. Il n'avait d'ailleurs que de simples soupçons, et redoutait que Micheline, plus instruite que lui, ne portât dans son cœur une lumière trop funeste. Il adorait Inèsia ; il brûlait d'être son époux, et cherchait à se dissimuler la faute dont il se rendait coupable en refusant de s'éclairer. Quelquefois les regards sévères de Micheline tombaient sur lui, comme si elle voulait lui dire: N'auriez-vous pas une explication à me demander ?.... Le jeune homme alors rougissait, baissait la vue, se retournait, et courait vers sa mère

ou vers Inèsia pour chasser ses inquiétudes et reprendre de la sérénité.

Micheline, de son côté, semblait
hésiter de lui parler. On voyait qu'elle
souffrait, qu'elle dissimulait, qu'elle
cachait enfin un grand secret dont le
poids l'accablait. La marquise lui re-
prochait souvent sa tristesse déplacée, et Micheline la rejetait toujours
sur ses pressentimens, ou sur le mau-
vais état de sa santé, qui, aux yeux
de tout le monde, n'avait jamais été
meilleure.

La veille du grand jour de l'hyménée, Micheline ne parut presque point
au château; elle passa la journée à
pleurer dans sa chambre, à gémir, à
se plaindre comme si elle éprouvait
un mal secret. Elle ne dormit point
de la nuit ; on la rencontra même
plusieurs fois allant à l'appartement
du marquis et en revenant sans avoir

osé y frapper. On la crut folle , et sa
maîtresse en fut affligée. Le matin
même du dimanche , vers six heures,
à l'instant où Fidély traversait un cor-
ridor pour se rendre chez sa mère,
Micheline parut devant lui , fondant
en larmes ; elle l'arrêta en lui prenant
le bras et ne put prononcer une seule
parole : Micheline, s'écria le jeune
homme, dans le plus grand trouble,
ma bonne Micheline, qu'avez-vous
à me dire ?

Micheline le regarda fixement ,
quitta son bras et s'enfuit en disant
avec l'accent le plus douloureux : Non,
je n'aurai jamais ce courage !

Qu'on juge de la situation de notre
jeune ami qui, par lui-même , est
agité déjà de quelques terreurs secrètes ! il tremble d'allumer les flambeaux de l'hymen, et meurt de regrets
s'il ne devient pas l'époux de sa chère

Inèsia! Il se décide à braver toutes les craintes, tous les pressentimiens. L'amour aveugle sa raison et l'arrache à son devoir. Il réprime son trouble, feint d'être aussi gai que la veille et court embrasser sa mère, qui le serre dans ses bras avec l'expression de la tendresse la plus vive et du bonheur le plus parfait. Bien, mon Fidély, dit cette bonne mère, presse-moi dans tes bras, sur ton cœur. Par toi, je suis la plus heureuse des mères; je veux que tu sois le plus fortuné des fils et des époux! Reçois mon portrait que je t'offre enrichi de brillans, et ce nœud d'épée que je t'ai brodé moi-même en or et en perles fines. J'ai fait cette broderie à ton insu, dans le dessein de te l'offrir le jour de ton mariage. —Bonne, très-bonne mère!— Oh oui ! je suis bonne mère ; mais n'es-tu pas aussi le plus excellent des fils !

Si j'ai promis à ton enfance un veuvage éternel, ne m'as-tu pas consacré tous tes momens! Renonçant aux sociétés, aux jeux, aux plaisirs de ton âge, on t'a vu constamment auprès de ta mère, l'accompagner dans ses promenades, lire auprès d'elle le soir, ou faire sa partie, sans la quitter d'une minute de la journée. Tes talens, tu les as perfectionnés pour moi! Mon cabinet est plein de tes tableaux; mon parc est embelli par-tout de tes sculptures; nous faisions à tout instant de la musique ensemble. Encore une fois, heureuse mère! je trouvais dans mon fils la compagnie fidèle d'un époux chéri, la tendresse d'un enfant vertueux, et l'affection du meilleur des amis! Ah, si j'avais dû perdre tout cela, en te voyant contracter un mariage qui t'aurait éloigné de moi, j'eusse eu l'égoïsme de m'opposer

poser à un hymen qui m'eût privée de mon fils ; mais tu restes près de moi, tu me donnes une fille, bien après lequel j'ai long-temps en vain soupiré ; tu doubles pour ainsi dire ton existence et ton cœur pour me plaire, ô mon Fidély, juge du bonheur que me promet ce beau jour !

La marquise continua en soupirant : Combien je regrette que ton père ne puisse plus partager notre félicité ! S'il était là, près de nous !... il t'aimait bien ; il aurait consenti comme moi à t'unir à la plus aimable des femmes !... Il y a deux ans, mon ami, deux ans que nous l'avons perdu !

Cette réflexion rappelle Fidély à ses tristes pensées ; il retombe dans sa mélancolie, et sa mère, qui s'en aperçoit, regrette de l'avoir affligé. Reprends, poursuit-elle, reprends ta sérénité, mon Fidély : un jour comme celui-ci méritait bien que nous donnassions chacun une larme au souvenir du modèle des époux et du plus tendre des pères. Son ombre approuve nos regrets ; mais elle n'exige pas qu'ils soient trop douloureux... Ne parlons plus, mon cher fils, que d'amour, d'hymen et de bonheur. Approche-toi, mon Fidély, de ce prie-dieu, sur lequel tu vois l'image du divin Rédempteur du monde. Agenouille-toi devant lui, et, avant que tu entres dans la nouvelle carrière qui s'ouvre aujourd'hui devant toi, puisse l'Être Suprême ratifier la bénédiction maternelle que je vais te donner !

Fidély suivit les ordres de sa mère, et cette respectable dame, posant sa main droite sur la tête de son fils, courbée avec respect, ajouta d'un ton aussi pieux que solemnel : Au nom de Dieu tout-puissant, je te bénis, mon fils ! puisse ton hymen être aussi heureux que le fut celui de ta mère, et n'oublie jamais que l'enfant qui se dévoue, qui se consacre entièrement à l'auteur de ses jours, sera béni dans le ciel, comme il l'est aujourd'hui sur la terre !

Fidély embrassa de nouveau sa tendre mère, et tous deux ne songèrent plus qu'à se préparer pour l'auguste cérémonie de la messe.

Déjà les parens, les amis étaient arrivés ; la mariée était prête ; tout le monde l'entourait dans le salon ; on lui faisait mille complimens auxquels elle répondait avec autant de modestie que d'esprit. Les bachelettes, les pastoureaux étaient rangés dans la chapelle, où leur musique champêtre exécutait plusieurs airs gascons chéris de père en fils dans le pays. L'autel

enfin était paré ; on brûlait d'y conduire la jeune mariée... mais l'époux
adoré ne paraissait pas. On l'attendait et on l'accusait de peu d'empres-
sement. Sa mère, qui l'avait vu le
matin en négligé, murmurait à son
tour de ce que le soin de sa toilette
l'occupait si long-temps.... Hélas! le
pauvre Fidély se trouvait dans la situation la plus douloureuse !

Il était prêt, long-temps même
avant sa prétendue. Il sortait de chez
lui pour se rendre au salon... Micheline, qui n'avait pas paru de la matinée, Micheline, pâle, égarée, se
trouve sur son passage : Un mot,
monsieur le marquis, lui dit - elle
avec effroi, un mot à vous seul ?

Fidély, effrayé à son tour, con-
gédie les amis et les domestiques qui
avaient présidé à sa toilette. Quand
ils sont partis, ils s'écrie : Eh bien,

Micheline, qu'avez-vous ? que me voulez-vous ? — Ne le devinez-vous pas, jeune homme ! votre conscience ne vous rappelle-t-elle pas que vous avez donné à votre père mourant votre parole d'honneur de !.... — Je vous entends ! cruelle Micheline ! est-ce là le moment ?.... — J'ai balancé, ô mon cher maître ! Dieu m'est témoin que j'aurais donné mille fois ma vie plutôt que de rompre le silence.... Mais la chose est tellement importante ! il y va de votre repos éternel. —Sauriez-vous ce dont il est question, vous, Micheline ?... Moi, j'ignore... — Allez, Fidély, allez où votre père vous a envoyé ! sinon vous êtes perdu et vous entraînez des innocens dans votre malheur. Allez, revenez ensuite, et terminez votre mariage, si vous l'osez !

Micheline veut s'éloigner. Fidély

la retient, et lui dit encore en versant des larmes : Micheline, ce que l'on m'apprendra doit donc m'empêcher d'être l'époux d'Inèsia ? —Votre père, Fidély ! songez à votre père, et partez !

Micheline disparaît. Fidély, au comble de la douleur, descend au parc par un escalier dérobé, parcourt ce parc immense, réfléchit, lutte en vain contre son devoir. Sa conscience, son serment sacré l'emportent pour le moment sur son amour ; il ouvre une porte dont il a toujours la clé, et, oubliant qu'il est couvert de riches habits, il vole à la fontaine Sainte-Catherine.

CHAPITRE V.

Les deux Mendians.

IL oublie de prendre son cheval ; il
est si troublé, si plein de tristes réflexions, de funestes pressentimens,
qu'il court tout droit devant lui et
arrive essoufflé, à onze heures, à la
fontaine, où il trouve l'aveugle et
son conducteur. Bon vieillard, lui
dit Fidély, en se jetant dans ses bras,
sauvez-moi, éclairez-moi, tirez-moi
de mes mortelles inquiétudes ! —
Jeune homme, lui répond l'aveugle,
qui êtes-vous, que me voulez-vous ?
à qui parlé-je ? —J'ignore quels rap-
prochemens peuvent exister entre
vous et moi.... mais on veut, on exige
que je vous parle !... Vous me deman-

dez mon nom ? il a frappé déjà votre oreille.... Je suis le fils et l'unique héritier du marquis d'Arloy. — Du.... marquis d'Arloy ? — L'avez-vous connu ? — Avant tout, jeune homme, veuillez bien me dire ce qui me procure l'honneur de votre visite. — Avez-vous connu mon père, daignez me répondre ? — Quelles relations voulez-vous qu'un misérable tel que moi ait pu avoir avec un si grand seigneur ? — J'ignore ces relations, et c'est ce que je vous demande. — Vous me parlez avec un feu !... — Je suis au désespoir ! —Comment? vous, jeune, riche, titré, heureux fils ! car on dit que madame votre mère.... — Elle me chérit !... Je suis heureux, et cependant il existe un secret que Micheline sait, que vous savez, que tout le monde sait, excepté moi. — Un secret ?.... Vous vous trompez !

Allez, jeune et aimable Fidély, terminer l'hymen le plus fortuné, et ne
vous inquiétez de rien. — Que je forme l'hymen !.... Mais, vous-même,
vous avez dit à Micheline que cet hymen ne devait pas s'accomplir avant
que j'eusse atteint l'âge de vingt-cinq
ans. — Il est vrai que des enfans de
dix-neuf et vingt ans sont trop jeunes
pour les mettre en ménage ; mais
vous vous aimez, vous vous conve-
nez ; il faudrait être vraiment inhumain, barbare, pour rompre un hymen si bien assorti. — Qui pourrait
le rompre ? — Hélas ! — Vous sou-
pirez !....

L'aveugle saisit une main de Fidély, la presse contre son cœur et
sanglotte de la manière la plus touchante. — Bon vieillard, s'écrie le
jeune homme, qu'avez-vous ; mais
qu'avez-vous donc ? — Voyons, mon-

sieur le marquis , dites-moi d'abord
ce en quoi je puis vous servir , et.....
et nous verrons après. — Puis-je vous
parler en particulier et promptement;
car on m'attend au château..... Ciel !
mon Inèsia ; si mon absence se pro-
longeait , que dirait-elle ? que pense-
rait-on ?....

Le vieillard se lève , fait signe à
Bénédy de rester , de l'attendre là ;
puis , sans dire un mot , il prend la
main de Fidély , l'emmène vers la
porte du fonds de la chapelle , ouvre
cette porte, la referme sur eux, monte
les degrés et le conduit au fonds du
réservoir , où il le fait asseoir près de
lui. Là , il tourne une lanterne sourde , qui jette soudain une vive clarté,
dont il n'a pas besoin , mais qui est
utile à Fidély, surpris de l'air de mystère de l'aveugle et de l'obscurité dans
laquelle il l'avait d'abord plongé.

Nous sommes seuls, dit le vieillard : parlez ; je ne puis rien vous dire
que vous ne m'ayez appris ce qui vous
amène.

Fidély est frappé de terreur et de
respect ; cette voix, ferme à la fois et
touchante, lui en impose ; il tremble
et néanmoins il prend la parole en
ces termes :

« Monsieur, il y a deux ans que
j'ai eu le malheur de perdre mon
père. Ce père adoré m'avait comblé
de tendresse et de bienfaits. J'étais le
plus heureux des fils !.... Depuis que
je l'ai perdu, la douleur, les regrets,
la tristesse, et sur-tout la plus profonde inquiétude ont dévoré ma jeunesse à l'insu de ma mère. Forcé de
lui cacher le sujet de mes alarmes,
j'ai gémi seul en secret, et vous ne
m'auriez pas vu encore aujourd'hui,
si l'hymen que je vais contracter ne

m'eût rappelé la scène déchirante de la fin de mon père, et en même temps mes mortelles anxiétés !.... Mon père, monsieur, est mort, en trois jours, d'une maladie qui lui a laissé toute sa tête et la faculté de parler jusqu'à son dernier moment. Mon père avait perdu depuis huit ans un de ses plus chers amis, le chevalier d'Oxfeld, père de la belle Inèsia, dont la tutelle avait été donnée au baron de Salavas. Nous nous aimions, dès l'enfance, Inèsia et moi; mon père avait d'abord encouragé notre amour naissant; mais le dernier jour de sa vie, il parut penser tout différemment. Le matin de ce jour terrible, ma mère, le baron de Salavas, Inèsia et moi, nous étions tous les quatre réunis au chevet de son lit. Ma mère, ma jeune amie et moi, nous pleurions; le baron seul avait l'œil sec; mais il

paraissait souffrir de l'état de son ami
(Je me trompe de dire *son ami;*
ces détails seront pour une autre
occasion).

« Tout à coup le baron lui dit :
Du courage , marquis ; allons , du
courage ! J'espère que vous vous ré-
tablirez pour assister au mariage
d'Inèsia avec votre fils ; car notre
intention à tous est d'unir ces jeunes gens , n'est-ce pas ? Quelque événement qui arrive, je vous donne ma
parole de former ces nœuds ; oui ,
mon Inèsia sera l'épouse de Fidély.
Avec cette promesse.... »

« Mon père n'en entend pas davantage. Il tombe dans une crise ner-
veuse qui lui ôte jusqu'au soir tout
sentiment. Nous le livrons aux soins
des médecins , et , quand il a repris
connaissance , il demande en grace à
ma mère qu'elle m'envoie lui parler

seul. J'entre ; il m'ordonne de fermer
la porte secrètement ; puis , me faisant signe du doigt d'approcher de
lui , il me dit d'un ton.... oh ciel ! qui
me glace encore d'effroi : mon fils ,
m'aimez-vous ? — Oh , mon père !...
— Eh bien , jurez-moi sur votre parole d'honneur que vous suivrez de
point en point les ordres que je vais
vous donner.

» Je l'écoute , je le regarde ; il me
paraît un dieu qui va dicter sa volonté
suprême , et je lui réponds en tremblant : je le jure. — Sur l'honneur ?
— Sur le saint Evangile. — Bien :
écoutez-moi. On vous parlait, ce matin, d'amour , de mariage... avec Inèsia sur-tout ; ô ciel !..... je vous ordonne, mon fils, de ne vous lier, dans
le cours de votre vie , par aucune espèce d'acte , soit civil , soit religieux,
sans auparavant avoir été prendre

l'avis de l'aveugle qui , depuis quelques jours, mendie son pain à la fontaine Sainte-Catherine. — Cet aveugle, mon père ?.... — Il vous révélera
un secret important que la honte ,
que la douleur m'empêchent de dé-
poser dans votre sein. N'oubliez pas
de lui dire que je le relève de son serment, qu'il peut tout vous révéler.
—Cet homme est ?.... —Ne m'inter-
rogez point ; je n'aurais pas la force
de vous donner ces tristes détails !.....
Jurez-moi aussi que, quel que soit ce
secret , quelques suites qu'il ait pour
vous , qu'il vous amène des peines ou
du bonheur , jamais vous ne le direz
à votre mère. Je veux qu'elle meure
sans l'avoir appris ! C'est ici sur-tout
que vous compromettriez cruellement votre père à ses yeux , et que
vous la feriez mourir de douleur ! —
Mais, mon père !...., — Vous m'avez

juré sur l'honneur, sur l'Evangile!
votre serment est écrit dans les cieux,
et si Dieu daigne m'admettre dans
son sein, je vous bénirai là-haut de
l'avoir respecté. — Mon père! je vous
le réitère, ce serment sacré, quoique
je ne puisse rien comprendre.... —
C'est assez, je meurs content.

» Il fit rentrer ma mère, Micheline, tout le monde, et mourut quelques heures après, en me faisant, du
doigt, un signe, obscur pour ma
mère, mais très-clair pour moi, en
ce qu'il me rappelait mon serment.

« Je ne pensai d'abord qu'aux regrets de l'avoir perdu ; mais, quand
ses dernières volontés se retracèrent
à ma pensée, elles me troublèrent
et firent depuis le malheur de mes
jours ! M'ordonner de ne rien faire
d'important sans vous avoir consulté;
de cacher ses ordres et vos secrets à
ma

ma mère ! Quels sont donc ces secrets?... funestes pour moi apparemment, puisqu'il m'est défendu de me
marier sans avoir pris votre avis !....
La tendresse de ma mère et le temps
avaient apporté un baume de conso-
lation sur cette blessure, lorsque les
apprêts de mon mariage avec ma
chère Inèsia l'ont r'ouverte. Je me
suis rappelé mon serment, j'en ai
frémi ! et, je vous l'avouerai, l'amour
a tellement balancé l'honneur dans
mon faible cœur, qu'il l'a emporté.
Je me suis rendu coupable, au point
de laisser faire tous les préparatifs...
J'allais même m'offrir à l'autel !....
Micheline, cette cruelle Micheline, a
déchiré le bandeau qui couvrait mes
yeux ; j'ai cru entendre de nouveau la
voix d'un père expirant.... Ses ordres
sont devenus plus sacrés pour moi, et
j'ai voulu lui obéir.... Bon vieillard !

Micheline sait-elle quelque chose ?...
Eh ! qu'est-ce que vous savez donc
vous-même ? veuillez me le confier ?»

Le pauvre aveugle se recueillit un
moment et répondit : J'admire votre
rare docilité, jeune homme ! mais
savez-vous qu'elle peut vous forcer
au plus grand des sacrifices ! je ne
serai point assez cruel pour l'exiger.
Tout dépend de moi; je me tairai;
je veux que vous soyez heureux, et
vous le serez. — Dieu ! vous parlez
d'un sacrifice ? serait-ce celui de mon
amour ? — Je ne m'explique point;
j'ignorais, je l'avoue, que votre père
vous eût donné de pareils ordres à
ses derniers momens. Je croyais que
vous étiez bien loin de vous imaginer qu'il y eût, dans la nature, le
moindre mystère qui pût vous concerner.... Il est, me disais-je, dans
la plus grande sécurité; il faut l'y

laisser... Votre père a été bien imprudent !... mais honorons ses mânes sacrés ; rendons justice à ses motifs, et convenons que, s'il a soulevé un coin du voile, c'est par excès de délicatesse ; l'honneur seul lui a dicté ses expressions. O digne homme ! pourquoi la faulx de la mort t'a-t-elle frappé, tandis qu'elle épargne des monstres tels que ce.... — Qui, bon vieillard ? — Micheline a fait son devoir en vous rappelant votre serment, puisqu'elle savait que votre père vous avait intimé des ordres de cette nature. Micheline m'avait caché cette particularité ; je veux qu'elle m'apprenne les motifs d'une pareille discrétion envers moi. Je suis si étonné que le marquis d'Arloy vous ait dit en mourant !.... — Je vous ai répété ses propres paroles.—Il ne m'en avait pas prévenu. — Qui êtes-vous donc, vous, monsieur, qui avez connu mon père, qui paraissez avoir été le confident de toutes ses pensées, qui êtes vous ?—Jeune homme, ne cherchez pas à le savoir ! je ne veux, je ne puis vous le dire. — Je l'exige. — Est-ce au moment même où vous allez devenir l'époux d'un objet accompli, que je dois vous porter le coup le plus terrible ! — Le coup le plus terrible ? — Non ! retournez, Fidély, retournez ; les flambeaux d'hyménée sont allumés ; deux familles vous attendent pour combler leur félicité, la vôtre ; oubliez cette entrevue, les ordres d'un père trop rigoureux, encore une fois retournez au château d'Arloy ?

L'aveugle, sans le vouloir, pique encore plus la curiosité du marquis. Celui-ci s'écrie : Plus de fêtes, plus d'hymen, plus de bonheur pour moi, tant que j'ignorerai ce fatal secret qui me concerne ! je veux le savoir ; je l'ai promis à mon père, monsieur !— Eh bien vous avez rempli votre promesse ; vous êtes venu me voir ; vous m'avez interrogé ; ce n'est pas votre faute si je refuse de répondre à vos questions. Vous êtes dégagé de vos sermens, d'autant plus que si nous suivons à la lettre les ordres de votre père, mon *avis* (selon son expression) mon *avis*, que vous me demandez sans doute, est que vous deveniez l'heureux époux d'Inèsia. Etes-vous satisfait ? — Non, monsieur ; j'ignore si je ferais une action louable, et j'aimerais mieux renoncer à l'amour que manquer à l'honneur ! — Quelle ame, Fidély ! quelle délicatesse ! vous me charmez..... mais hélas ! vous me rappelez en même temps à mes devoirs. Pourquoi

m'avez-vous parlé, imprudent ? pourquoi m'avez-vous appris une circonstance que j'ignorais ? A présent, c'est
moi que vous chargez de votre.... de
votre faute ! je ne puis plus, je ne dois
plus vous laisser terminer, ou je deviens seul coupable de ce qui pourra
en résulter ! ce n'est plus vous qu'on ac-
cusera d'avoir trompé deux familles,
ce sera moi ! Pourquoi m'avez-vous
révélé les ordres secrets de votre
père, et comment cet homme trop
vertueux m'a-t-il accablé d'un pareil dépôt ?—Vous voyez bien, monsieur, que vous ajoutez à mon trouble, que je ne puis plus vous quitter
sans être instruit, complètement instruit !.... Moi, je vous rendrais coupable ! et comment ? je le suis donc,
moi-même ? — O destinée affreuse ! ô
fatalité ! Obscur avenir, que ne puis-
je percer tes voiles sombres et voir

ce que nous deviendrons tous!....
Pauvre Fidély ! si je parle, il est malheureux, peut-être à jamais; si je
me tais, je commets un crime, oui
j'ajoute un crime à ceux qui ont
souillé ma vie! O mon Dieu! que
dois-je faire; daigne répandre sur
moi ta grace inéfable, et m'inspirer
la conduite que j'ai à tenir!.... Il m'é-
claire.... il me montre le chemin de
l'honneur; je m'y précipite et le par-
courrai jusqu'au bout de ma carrière.
D'ailleurs, ce jeune homme, c'est un
ange que le ciel m'envoie; il faut
qu'il souffre afin de mériter la béati-
tude éternelle ; et sa délicatesse, sa
bonté, son courage, tout me dit qu'il
saura souffrir.

Fidély était profondément ému. Il
le fut davantage encore quand le vieillard le prenant dans ses bras et le
serrant sur son cœur, lui dit : Jeune

homme, auriez-vous la force de renoncer à l'hymen, au rang, à la fortune, à toutes les vanités de ce monde, si l'honneur l'exigeait. — Oui, bon vieillard, j'abandonnerais tout pour faire mon devoir. — Bien, oh, bien! je vais vous le révéler ce secret terrible; mais ce lieu n'est pas sûr; à tout moment, des voyageurs... Quittez cet habit, qui n'est plus fait pour vous?— Qu'allez-vous faire? — Vous emmener dans ma sombre retraite, et vous dévoiler des choses qui vous feront frémir d'horreur.—Grand Dieu! moi, vous suivre? — Il le faut. — Et mon Inèsia? — Vous devez y renoncer.— Ma mère?— Vous la reverrez.— Cet hymen!... tout le monde qui m'attend! — Il ne peut s'achever sans crime! — Sans crime! juste ciel! — L'un de nous deux doit s'en rendre coupable. Si je vous apprends tout,

vous

vous devenez criminel en achevant
ce mariage ; je le deviens, moi, si je
vous laisse le terminer sans vous
éclairer.

Tout en disant ces mots, l'aveugle
avait levé, en tâtonnant par terre,
une dalle de pierre qui recouvrait une
espèce de caveau ; il en avait tiré tout
l'accoutrement d'un misérable mendiant, et il en revêtait Fidély, qui ne
savait, dans l'excès de son trouble, s'il
devait refuser de mettre cet étrange
habillement. Le jeune homme s'é-
criait : Quoi ? comment ? que faites-
vous ? — Je vous couvre des livrées
de la misère qui, désormais, vont
devenir votre partage. Jurez au ciel
que vous aurez la force de supporter
la honte, le mépris et l'infortune !
Vous ne saurez ces secrets qu'à cette
condition. — Ces secrets !.... — Ils
sont affreux ; ils outragent les lois

divines et humaines , l'amitié , la nature. — La nature ! mon père aurait-
il ?... — Votre père fut le plus
coupable des hommes. Quand vous
connaîtrez ses forfaits , vous n'ose-
rez plus reparaître dans la société. Venez ?... — Mon père fut coupable !... mais ma mère ! Inèsia !
—Venez, vous dis-je, vous allez tout
savoir.

Fidély était déjà revêtu d'une longue robe, d'une barbe postiche , d'un
grand bonnet , et ses riches habits
avaient pris , dans le caveau , la place
des haillons dont on venait de l'affu-
bler. L'aveugle remit la dalle sur l'ou-
verture du caveau ; il prit ensuite la
main du jeune homme tremblant, sortit avec lui , rejoignit Bénédy, et tous
trois s'éloignèrent. Fidély accablait
en route l'aveugle de questions. Celui-
ci le fit taire , en lui disant : Paix ?

ne donnons aucun soupçon ; nous sommes entourés d'ennemis ; ma demeure n'est pas loin ; vous allez enfin vous connaître.

————————————

CHAPITRE VI.

Les Trois Héroïnes.

CEPENDANT une nombreuse compagnie était rassemblée dans le salon du château d'Arloy , et chacun se proposait de jouir de la félicité des deux amans que l'hymen allait couronner. Mais , tandis que l'un de ces deux amans était paré, complimenté, embrassé à la ronde , l'autre n'arrivait point , et on l'attendait avec la plus grande impatience. Midi , bientôt, dit le baron de Salavas! La cérémonie nuptiale était fixée à cette heure. Que fait donc Fidély ? — Je m'étonne qu'il tarde tant , répond sa mère. Ce matin , il était en bonne santé , et il n'avait plus de courses à faire. Holà , quelqu'un ? Qu'on

monte chez mon fils, et qu'on sache
pourquoi il ne vient pas.

L'un des amis de Fidély, qui avait
présidé à sa toilette, dit : Il y a long-
temps qu'il est prêt, madame ; il faut
qu'il soit sorti. — Sorti ? pourquoi
faire ? — Je ne sais ; mais, comme
nous descendions ensemble vers dix
heures, votre gouvernante Micheline
a demandé à lui parler en secret ;
nous nous sommes retirés moi et ses
gens, et depuis ce temps nous ignorons ce qu'il est devenu. Son valet
de chambre croit l'avoir vu, des
croisées de son appartement, courant tout habillé et en bas de soie
blancs, dans la campagne. — Courant dans la campagne, mon fils ! ce
matin ! à cheval apparemment ? —
Non, à pied. — A pied ! cela n'est
pas possible. Quelle affaire plus pres-
sante aurait-il eue ?... Il ne vient pas

néanmoins. Je suis d'une inquiétude!..
Où est Micheline ?

Un valet répond : elle veille aux
apprêts du dîner. — Qu'elle vienne
ici, à l'instant ?

Le domestique sort, et bientôt on
voit entrer Micheline, pâle, troublée
et se soutenant à peine. Sa maîtresse
lui dit : Micheline, vous avez parlé
à mon fils, il y a environ deux heures?—Oui, madame ; je lui ai dit que
j'étais malade, souffrante, et que je le
priais de m'excuser si je ne pouvais
assister à l'auguste cérémonie de son
mariage, non plus qu'à la fête de
tantôt.—Il ne fallait pas tant de mystère, ni demander à lui parler en
secret, puisque vous n'aviez que cela
à lui dire !.... Mais, vous nous cachez
la vérité. C'est autre chose que vous
lui avez insinué.—Eh quoi! madame?
— Que sais-je ! peut-être vos folles

terreurs d'après la prédiction du vieil aveugle. Je ne crois pas mon fils assez faible pour s'intimider d'une pareille folie ; mais enfin quel a été le sujet de votre conversation ? où est-il allé ? qu'est-il devenu. — Est-ce qu'il n'est pas ici ? — Vous voyez bien qu'il n'est pas ici, et que nous sommes tous dans une inquiétude !.... — En ce cas, madame, je vous jure devant Dieu que j'ignore ce qu'il est devenu. L'affaire qui l'a fait sortir ne pouvait pas le retenir assez long-temps.... — Vous savez donc quelle affaire l'a forcé ?...—Pourquoi présumer que je la sais? La plus importante de toutes pour lui était sans doute celle de son mariage..... Je ne peux deviner !.... — Vous étiez contre ce mariage ; l'en auriez-vous détourné?. J'ignore par quels moyens ; mais il vous a vue, il vous a parlé, et il a disparu, c'est un fait. — Madame, comment ai-je mérité de pareils soupçons ? Monsieur le marquis ne tardera pas sûrement à venir les détruire, et vous me rendrez justice alors. Avez-vous pu jamais me reprocher un mensonge ? — C'est vrai, tu n'as jamais déguisé la vérité.... Mais, ma pauvre Micheline, il est donc arrivé quelque accident à mon fils ? Où, comment, de quelle manière, voilà ce que j'ignore et ce qui me tue ! — Il faut, madame, qu'il soit en effet arrivé quelque chose à monsieur le marquis. Je n'en doute pas, moi, et mon inquiétude est au moins aussi vive que la vôtre. — Son domestique prétend l'avoir vu courant dans la plaine ! — Il l'a vu ? — Il l'assure du moins. Il faut envoyer, mettre tous les gens en campagne, crever tous les chevaux.

De quel côté, demande le baron ?
— De tous les côtés, monsieur ! Mon
fils, mon cher fils ! Il était prêt pour
la messe ; l'habit vert brodé, l'épée
au côté, il aura dû être remarqué ;
quelqu'un indiquera peut-être la
trace de ses pas.

Les domestiques se présentent ; on
leur donne l'ordre de se séparer, et
de chercher à deux lieues à la ronde.
Ils partent. Micheline retourne à ses
occupations, et l'on s'entretient avec
douleur de l'absence d'un être si précieux et si cher à tout le monde.
Inèsia sur-tout est des plus affectées.
Son impatience la fait aller de la
grille du château dans l'avenue, de
l'avenue au château, où elle monte
dans tous les appartemens, pour voir,
aux croisées, si Fidély ne revient pas.
Les parens, les amis invités partagent
l'inquiétude de la marquise, de son

Inèsia, et cette matinée, qui devait être si heureuse, plonge tout le monde dans la désolation.

A quatre heures, les domestiques reviennent. Aucun n'a vu Fidély, ni rien découvert qui pût le concerner. Je n'ai même, dit le valet de chambre frotteur, rencontré personne que ce vieil aveugle de la fontaine Sainte-Catherine, qui montait une rampe des Pyrénées, du côté des tours de Marboré; il était avec un autre mendiant de son espèce; je leur ai désigné notre jeune homme et demandé s'ils l'avaient vu. L'aveugle m'a répondu : « Personne n'est passé devant nous, mon ami; mon confrère me témoignait même tout à l'heure sa surpris de ce qu'il ne voyait qui que ce fût aujourd'hui dans ces campagnes. » Il avait raison, je n'ai pas rencontré une ame. Tous les villageois sont au château dont ils encombrent les issues. Ils attendent la fête, hélas ? sans se douter de ce qui la retarde.

Consternation générale.

Une Pastourelle entre dans le salon et donne une lettre à la marquise en disant : Un jeune garçon, que j'ai rencontré du côté de la ferme, m'a glissé dans la main cette lettre en me disant : il faut remettre cela à madame ; c'est de monsieur Fidély.

De mon fils, s'écrie la marquise ! En effet c'est son écriture. Il existe, grace à Dieu ! Nous allons savoir.... Il ne peut y avoir de secret pour personne ici ; écoutez, écoutez tous.

Elle décachete et lit vivement :

« Madame la marquise, ma chère
» Inèsia, et vous tous qui m'attendez
» en vain depuis ce matin ! apprenez,
» apprenez le changement le plus
» bizarre, le plus extraordinaire qui

» puisse arriver dans le cœur de
» l'homme !

» J'adore Inèsia , et je renonce au
» bonheur d'être son époux. »

Ici Inèsia tombe sans connaissance. On lui prodigue des soins qui
la rappellent à la vie , aux douleurs,
et la marquise continue sa lecture.

» J'aime une mère aussi tendre
que respectable , et je la quitte , je
la fuis.... pour quelque temps, peut-
être pour toujours !

» Dieu seul a touché mon cœur ;
il m'appelle au service de ses divins
autels ; j'y cours ; je me consacre à
son culte sacré ; je renonce à ce
monde , à ses vanités ; il n'offre de
véritable bonheur qu'à celui que Dieu
a touché de sa grace efficace. Adieu,
adieu, tout ce que j'ai de plus cher !
Je vous reverrai ; mais votre tendresse pour moi et mon amour pour

vous ne me feront jamais changer de résolution ! »

Point de signature ; néanmoins l'écriture était bien tout entière de la main du jeune marquis.

Quel coup de foudre pour deux familles assemblées, pour une mère sur-tout et pour une amante telle qu'Inèsia ! Cette infortunée Inèsia se précipita dans les bras de celle qui devait être sa belle-mère, et toutes deux confondirent leurs larmes !... Les autres femmes essayaient de consoler celles-ci, et les hommes cherchaient la cause d'un changement aussi bizarre, ainsi que le disait Fidély lui-même !... Quel motif avait pu le forcer à prendre un pareil parti, à se faire moine ; car c'était cela sans doute qu'il entendait, en disant qu'il allait se livrer au culte des autels ! Fidély aimait la religion, comme tous les honnêtes gens ; mais jusqu'alors il n'en avait point outré les devoirs, ni les pratiques. Il ne fréquentait aucun prêtre, aucun religieux, qui lui aient troublé la tête à ce point. Il ne connaissait ni les remords, ni ces accès de mélancolie qui vous portent quelquefois à renoncer au monde. En un mot, il n'avait jamais rien dit, rien fait, qui ait donné le moindre soupçon d'un pareil acte de démence. Il fallait néanmoins qu'il y fût poussé par quelque grand motif; car il chérissait sa mère, ses parens, ses amis, et il adorait Inèsia, on en avait mille preuves !... Comment donc y renonçait-il au moment, tant désiré pour lui, de recevoir sa main ? Pourquoi fuyait-il sa mère, tout le monde ? Pourquoi enfin avait il attendu, pour faire de pareilles réflexions, le jour même de son mariage, le moment d'aller à la messe , quand tout était prêt , tout le monde rassemblé !... Où était-il maintenant? d'ou écrivait-il?.. Si on le savait , on volerait tous ensemble vers lui , on le ferait revenir de sa fausse vocation , on le ramenerait au château. Quel embarras ! quel événement ! En peut-il arriver de plus singulier !

C'est ainsi que l'assemblée se perdait en conjectures.

On servit un dîner destiné à un autre motif , et auquel personne ne toucha. Sur le soir , les parens , les étrangers se retirèrent , et il ne resta auprès de la marquise inconsolable, qu'Inèsia , inconsolable aussi , et son tuteur qui ouvrit un avis. Je pense, mesdames, dit le baron de Salavas , que notre jeune fou , quels que soient ses motifs de retraite , est caché dans quelque couvent aux environs de ce

château. A pied, sous les vêtemens
les plus brillans, il n'aura pu aller
bien loin. Il n'est pas encore tard ; je
vole chez l'intendant de la province,
et je le prie d'expédier un ordre, ou
de s'en procurer un, si cela passe
son autorité, pour faire chercher ce
cénobite dans les abbayes, dans les
monastères, par-tout où il y a des
moines réunis. Les chefs de ces sain-
tes maisons n'ont pas le droit de retenir des fils de famille malgré leurs
parens. Nous ne sommes plus dans
ces temps où le fanatisme donnait
tout pouvoir à ces gens là. J'aurai un
ordre du roi, du pape, s'il le faut,
et on nous le rendra, on nous le rendra ! — Excellente idée, mon cher
baron, répondit la marquise ! Allez
voir l'intendant ; courez - y sur-le-
champ. — J'y vole.

Le baron sortit, et Micheline entra

ra toute en larmes. O ma bonne maî-
resse , s'écria-t-elle, qu'ai-je appris ?
Fidély , notre enfant !... lui , nous
quitter pour entrer dans un cloître!...
Madame me connaît trop bien , par
exemple, pour m'accuser d'avoir mis
dans sa tête un projet aussi extravagant ? — J'aurais tort , Micheline,
oh , le plus grand tort ! Je sais que ,
bien loin d'être bigotte , tu n'aimes
pas les moines , et que , si l'on t'en
croyait , on les supprimerait dès demain. — Fi donc , madame. Ce sont
tous des caffards. Hom , les vilaines
gens ! — Il y en a pourtant de res-
pectables. — Oui , le petit nombre ;
mais la majorité !... Là , demandez-
moi ce qui a pu troubler sa raison à
ce point ! Voyons donc sa lettre, madame ? — Tiens , la voilà. Lis , et
plains la plus malheureuse des mères.

Micheline interrompt sa lecture

I.   10

pour essuyer ses larmes à chaque mot
de cette fatale lettre. Elle devine bien
ce qui a forcé Fidély à prendre un
parti aussi violent ; mais elle n'en
est pas moins désolée ; elle gémit
sur-tout d'avoir été contrainte à pro-
voquer ce triste événement, en en-
voyant son jeune maître vers l'aveugle. Elle espérait que l'aveugle garderait le silence, ne porterait pas à
Fidély le coup le plus cruel. S'il
l'avait renvoyé sans l'instruire, le
mariage se seroit terminé, et la conscience du jeune homme eût été en
repos, relativement au serment qu'il
avait fait à son père mourant.... Mais
l'aveugle a parlé, il n'y a pas de
doute, et Fidély alarmé, effrayé de
ce qu'il allait entreprendre, s'est
voué au culte des autels.... Infortuné
jeune homme ! Malheureuse amante !
et plus encore malheureuse mère !

Oh ciel ! si la marquise savait !.... Elle en mourrait, et Micheline, qui lui est si attachée, la suivrait au tombeau ; qu'elle ignore à jamais !.....

Micheline, absorbée dans ces réflexions, était froidement immobile, et semblait inanimée. La marquise la tira de sa rêverie en lui prenant la main avec bonté : Fidèle amie, lui dit-elle, que penses-tu de cet écrit ? — Il m'a foudroyée ! — Si l'on savait le motif au moins d'une telle folie ! — Voilà ce qu'on ignore. — Et ce qu'on ignorera long-temps ; car je ne reverrai plus mon cher fils.... C'est le coup de la mort !—Vous le verrez, ma chère maîtresse ; il reviendra ; j'ai un pressentiment qu'il reviendra. —Quand, ma pauvre Micheline ? — Bientôt. Il sait combien vous l'aimez ; il ne voudra pas vous livrer à des regrets éternels. Il vous chérit aussi et vous honore. — Est-ce là une preuve de sa tendresse ?.... Pleure, Inèsia, pleurons ensemble, ma fille, ma chère fille ! permets-moi de te donner ce nom ; tu devais le tenir de l'hymen ; il t'est dû par l'amitié de celle qui, en dépit du sort, veut toujours, toujours être ta mère.

Inèsia réplique; O ma mère, soyez-là, soyez-là tout à fait, et pour commencer votre autorité, veuillez me délivrer du joug affreux que mon tuteur, ce tyran, fait peser sur ma tête innocente. Si je rentre dans la captivité où il éleva mon enfance, je suis capable de tout pour m'arracher une vie à jamais importune. Gardez-moi près de vous; qu'il retienne mes biens, je les lui abandonne, à condition qu'il vous cédera tous ses droits sur moi. Je me contenterai du cœur de ma mère adoptive, et je l'estime trop pour rougir de ses bienfaits. — Tu me charmes, mon enfant ! Je comblerai les vœux ; mais que ferons-nous désormais, nous deux, seules au monde, sans mon fils, sans ton époux !... Nous mourrons ensemble ! — Non, madame, non, nous ne mourrons pas. J'ai du caractère, de la force, de la fermeté plus qu'on ne croit. Vous, vous êtes dans la vigueur de l'âge ; nous voyagerons, nous chercherons partout notre Fidély dans le monde, et, quelque part où nous le trouvions, nous le sommerons de rentrer sous les lois de la nature, de l'hymen ! de l'hymen, car enfin nous sommes accordés ; il est mon époux .... Il le sera ! — Mais, mon enfant, s'il a prononcé des vœux ? — Par-tout, il y a un noviciat à faire. C'est pendant le temps de ce noviciat qu'il faut le chercher, le découvrir et le ramener.

— Inèsia, tu me rends l'espoir et le courage. Je n'ai jamais couru les aventures ; mais celle-ci est trop importante pour mon cœur. Il s'agit de recouvrer mon fils ! j'irais au bout du monde. Dès que cet intendant aura découvert la retraite de Fidély, rendons nous y nous-mêmes sur-le-champ. N'abandonnons point notre cause à la lenteur des lois. Elles sont moins sûres, moins promptes que la surveillance et l'éloquence d'une mère. — D'une épouse ! — O mon Inèsia, nos causes sont communes, nos peines, nos soins et nos recherches le seront aussi.

Je vous accompagnerai, mesdames, dit Micheline ; j'ai du courage aussi, de la vigueur ; je vous servirai partout où vous irez. Jurons, s'écrie Inèsia, jurons que nous resterons unies, toutes les trois, jusqu'à ce que nous ayons ramené l'objet de notre affecion. — Je le jure , dit la marquise.

—Et moi aussi, réplique Micheline.

— Puisse , ajoute Inèsia , l'Etre Suprême ratifier ce pacte de trois femmes aimantes , vertueuses , et qui ne sont guidées que par les sentimens si louables de la nature, de la tendresse conjugale et de la plus tendre amitié.

Toutes trois s'embrassèrent , sans distinction d'âges ni de rangs. Le malheur les rendait égales, et leur serment fut répété par elles devant le portrait de celui qui causait leurs mortelles inquiétudes.

Le baron de Salavas revint ; il avait trouvé l'intendant , qui sur-le-champ venait de faire adresser des lettres à tous les supérieurs des couvens de la province. Des exprès étaient montés à cheval pour porter ces lettres, et l'on devait en avoir des réponses le surlendemain.

Quelle nuit affreuse, quel lendemain et quelle seconde nuit passèrent la mère de Fidély et sa tendre amante !.... Enfin les exprès revinrent; le baron courut chez l'intendant... aucune communauté religieuse ne renfermait l'objet de leur recherche. L'intendant était bien sûr qu'on ne lui en imposait pas. Chaque supérieur de couvent lui écrivait que le dernier novice, qu'il avait chez lui, y était depuis un an, six mois, plus ou moins. On citait même les noms et les familles de ces novices, ensorte qu'il était bien clair que ce n'était pas Fidély, parti seulement depuis deux jours.

Où est-il donc, s'écria la marquise éplorée !

Inèsia lui répondit tout bas : nous le chercherons, nous le trouverons, si nous n'abandonnons pas notre projet. Monsieur

Monsieur le baron, dit tout haut la marquise, vous voyez ma douleur !... je vais rester seule !.,. veuillez me laisser Inèsia quelque temps, toujours, si cela est possible. Son âge exige qu'elle soit sous la surveillance d'une femme. Vous êtes veuf, et, maintenant que son mariage est manqué...

Inèsia ajoute : Monsieur, je vais signer un abandon général de mes biens, si vous voulez, à l'instant même, remettre à madame tous les droits qu'on vous a donnés sur moi. — Y pensez-vous, Inèsia, répond le baron. Quoi, les cent mille francs qui vous restent et que vous apportez en dot à Fidély ?—Ils sont à vous; cédez seulement à mes vœux. — Volontiers ; c'est une excellente affaire pour moi : m'enrichir et me débarrasser d'une pupille aussi ingrate qu'audacieuse !...,. Il signe.

I. 11

Tous ces arrangemens étant terminés, le baron souhaite le bonjour aux dames et s'en retourne à son château de Salavas.

Quelle ame basse, s'écria la marquise quand il fut parti ! Ma chère enfant, il ne mérite pas de votre part un désintéressement, que j'admire, en ce qu'il me prouve votre confiance en moi. Je vous montrerai que je la mérite ; car, dès ce jour, je veux faire un testament qui vous rendra par la suite l'égale de mon fils du côté de la fortune, si le sort ne permet pas qu'il soit votre époux. S'il le devient, eh bien, mon héritage vous sera commun. — Oh, ma mère, quelle douloureuse perspective ce mot d'héritage !.... — Qui sait, mon enfant. Je puis mourir de ma douleur, de mes regrets, et je sens que j'en mourrai !

Madame d'Arloy fit venir son notaire, et, malgré les refus d'Inèsia, elle dicta son testament tel qu'elle l'avait détaillé, le matin, à cette intéressante personne.

Le lecteur va s'écrier ici que ce sont bien là des personnages de roman !.... Et pourquoi ferions-nous à l'humanité l'injure de croire qu'elle soit incapable d'un pareil trait de générosité ! Quand il ne serait arrivé dans le monde, depuis qu'il existe, qu'un seul acte de cette nature, il suffirait pour donner de la vraisemblance à celui de notre excellente marquise... mais poursuivons.

~~~~~~

CHAPITRE VII.

Où un grand mystère est dévoilé.

Nous avons vu que Fidély ; succombant à l'excès de sa curiosité, troublé d'ailleurs par les demi-mots de l'aveugle et par le ton solemnel qu'il avait pris, s'était laissé revêtir des haillons de la misère, et accompagnait le vieillard qui allait, disait-il, le conduire chez lui. Ces deux personnages donc, suivis du jeune Bénédy, tournèrent un faubourg de Lourde, qui est, de ce côté là, l'avant-dernière ville de France, et entrèrent dans les Pyrénées par un chemin naturel, mais hérissé d'obstacles. Une gorge profonde et resserrée, surmon-tée d'une longue chaîne de rochers, des dangers, des précipices affreux s'y présentent à chaque pas. De loin, cette nature opiniâtre et sauvage paraît rendre ce chemin inaccessible; il semble impossible de percer les flancs des montagnes, de traverser d'effroyables ravines, de braver la chute de torrens impétueux. Il est vrai que sur tout cela il existe, de toute antiquité, un pont qu'on appelle le *Pont d'Enfer,* nom qui caractérise assez son aspect effrayant.

Avant de monter sur ce pont, nos deux voyageurs rencontrèrent le domestique frotteur, que la marquise avait envoyé à la recherche de son fils. Fidély, à cette vue, manqua se trahir et retourner avec ce valet; mais l'aveugle, qui tenait son bras, le lui serra fortement, en lui disant: Tremblez de vous rendre coupable!

L'aveugle parla seul au domestique, qui passa outre, sans se douter qu'il venait de rencontrer celui qu'il cherchait. Il est vrai que la figure de Fidély était tellement voilée, qu'elle était entièrement méconnaissable ; et d'ailleurs quelle apparence que ce fût là le jeune marquis qui était sorti avec une parure des plus recherchées !

Quand il fut parti, Fidély s'écria : Bon vieillard, qu'exigez-vous de moi ? sentez-vous l'impolitesse que je fais à tous ceux qui m'attendent ; combien je manque à Inèsia, à ma mère ; dans quelle inquiétude affreuse mon absence va les plonger ! Que suis-je venu faire près de vous ? — Votre devoir. Si vous vous en repentez, jeune homme, retournez, et oubliez à jamais un père à qui vous manquez bien plus essentiellement.

Il s'arrête et continue : Fidély, à

quoi vous décidez-vous ? — A vous suivre, monsieur, dussé-je en mourir de douleur !

Bien, reprit l'aveugle en lui pressant la main sur son cœur. Dieu de miséricorde ! toi qui règles les destinées des faibles mortels ! daigne, un jour, récompenser celui-ci des sacrifices qu'il fait, qu'il doit faire encore. Tu connais mes vœux, Être tout-puissant ; tu sais si c'est pour moi que je t'implore ! Le bien que je te demande, c'est pour lui, pour le lui transmettre à l'instant. Alors, ô mon Dieu ! il bénira son père, sa tendre mère, et ta bonté toute divine !

Après avoir prononcé ces paroles énigmatiques, il se tut, prit le bras de son jeune conducteur, sans quitter celui de Fidély, et tous trois montèrent sur le Pont d'Enfer. Quoiqu'aveugle, on remarquait l'agilité

de sa démarche, de tous ses mouve-
mens, et la manière dont il évitait
les obstacles qu'offrait cette route
âpre et tortueuse.

Fidély était dans un état difficile à
décrire ; sa profonde tristesse aug-
menta quand il vit l'extrême aridité
qui régnait sur les bords du Gave,
et la couleur noirâtre des rochers qui
se présentaient aux yeux de toutes
parts. La nature semblait là le préparer à quelque grand événement, et
son ame était disposée à s'ouvrir à
toutes les impressions.

Tous trois s'arrêtèrent enfin à l'ou-
verture d'une voûte creusée dans un
rocher. L'aveugle y fit entrer son
compagnon qui aperçut une table,
deux méchantes chaises et quelques
bottes de paille formant châlit. Est-
ce ici votre asile, demanda Fidély ?
— Oui, répondit l'aveugle. Il est

conforme à ma triste situation. Bénédy
va nous chercher quelques provisions;
car nous dînerons ensemble. —Quoi,
ne dois-je pas retourner ?... — Vous
en serez le maître, quand vous aurez
appris le secret qui vous concerne.

L'aveugle parla bas à Bénédy, qui
sortit.

L'aveugle tira, d'une espèce de
coffre, un crucifix qu'il posa sur la
table. Voilà, dit-il, l'image sainte du
Sauveur du monde. Adorons-le, Fidély! s'il a tant souffert pour racheter
nos péchés, combien ne devons-nous
pas souffrir, nous qui les avons commis. Vous avez le bonheur de lui
ressembler en un point, jeune homme : si vous deveniez une victime du
malheur, si vous êtes puni par le
sort, ce n'est point pour vos propres
fautes, hélas! vous êtes l'innocence
même ! mais vous allez souffrir pour

les crimes de votre père, d'un homme
que le ciel aurait dû foudroyer, dans
sa juste colère! — Monsieur, oh,
monsieur, de grace, épargnez sa
mémoire!... — A-t-il épargné son
fils, lui, ce père dénaturé! — Grand
Dieu! monsieur d'Arloy! — Votre
père, vous dis-je, fut l'homme le
plus coupable!... O divin Jésus! puis-
je, dois-je parler!... Oui, oui, cet
aveu honteux, humiliant, expiera
peut-être une partie du forfait de ce
père barbare!... Mon Dieu! tu rends
le courage, la résignation à ce cœur
repentant, et dussé-je être l'objet
du mépris, de la haine de ce jeune
homme, je dirai tout. — Oh, parlez,
parlez, bon vieillard; je ne puis exister tant que vous garderez le silence!
— Vous le voulez; tremblez! — J'ose
l'exiger.

Le jeune homme est penché sur la

table, il regarde l'aveugle, le cœur gros de soupirs et battant de la plus vive impatience. L'aveugle s'écrie : Eh bien, Fidély, eh bien... apprenez donc que vous n'êtes point le fils de monsieur le marquis d'Arloy ! — Ciel ! ô ciel !... et quel fut donc mon père ? — Un malheureux mendiant, sans nom, sans état, sans consistance. En un mot, Fidély, tu le vois devant toi. — Vous ? —Oui, oui, je suis ton malheureux père !

Des sanglots coupent la parole au pauvre aveugle, qui tombe presque privé de sentiment.

Fidély est trop préoccupé pour songer d'abord à le secourir. Cependant il s'aperçoit bientôt de son état, et le relevant sur son siége, il lui dit : Monsieur, monsieur, ô mon père, revenez à vous ! — Quoi, tu ne me hais point, répond le vieillard d'une voix faible? — Oh, je ne sais plus quel sentiment j'éprouve !.... Je ne suis point le fils de M. d'Arloy ?... le suis-je de la marquise ? — Non, elle n'est point votre mère. Celle qui vous donna le jour repose depuis long-temps, bien long-temps, dans le sein de son créateur !.... Enfin, Fidély, vous n'appartenez en rien à cette famille, qui vous a élevé seulement, voilà tout. Deviez-vous usurper plus long-temps une place, un titre qui ne vous étaient pas dus, épouser une demoiselle de condition, vous fils d'un misérable tel que moi, et tromper ainsi deux familles ! Si l'affreuse vérité s'était découverte un jour, quels reproches n'auriez-vous pas mérités, sans ceux dont votre propre conscience vous aurait accablé ! Sentez-vous maintenant qu'il était du devoir de Micheline et du

nien de vous éclairer, avant de vous
aisser terminer un acte aussi criminel ! — O mon père !

Le jeune homme ne peut pleurer ;
il est plongé dans une profonde stupeur. Le vieillard continue : Je t'ai-
mais tant néanmoins, mon cher fils,
que j'aurais eu peut-être assez peu de
délicatesse pour te laisser t'engager
dans des liens qui allaient faire ton
bonheur ! Si Micheline ne t'eût pas
envoyé vers moi, j'eusse différé de
te confier ce secret que tu n'aurais su
qu'après ma mort... à moins que... des
circonstances trop heureuses, des événemens qui peuvent, je dis plus, qui
doivent arriver, ne m'eussent forcé
de me faire connaître à toi. Combien
alors tu eusses maudit ton hymen,
devenu fatal pour toi, pour peu que
tu aies de l'ame et de l'honneur ! O
mon fils, cet aveu est bien cruel, je

le sens ; mais il valait mieux le faire
aujourd'hui que demain. — Je vous
approuve, mon père, et je sens que
je ne dois plus revoir ces deux familles, jamais ! — Oh, jamais, c'est
te prescrire une loi bien sévère. Il
n'est pas dit.... il faudra même que
tu retournes au château, non aujour-
d'hui, ta douleur et tes larmes te
trahiraient.

Le jeune homme versait en effet
des torrens de larmes. Il s'écria : Je
dois écrire au moins à ma mè... à madame la marquise.—Tu le dois, mon
fils, et voilà ce qu'il te faut pour cela.
Remplis à l'instant ce devoir. —Que
lui dirai-je ?—Rappelle-toi que, dans
le serment que tu as fait au marquis
mourant, tu lui as promis de ne jamais instruire son épouse du secret
fatal qui te serait dévoilé. Il faut qu'à
ses yeux tu sois toujours son fils, que

tu l'appelles ta mère ; il le faut. Tu en sauras les raisons, quand je t'aurai raconté mon histoire. A cette condition, écris, suivant les diverses impressions que tu éprouves.

C'est alors que Fidély écrivit la lettre que nous avons lue dans le chapitre précédent.

Bénédy rentra. L'aveugle lui parla de nouveau à l'oreille, et le jeune muet sortit avec le billet de Fidély, qu'il fit remettre, par une jeune pastourelle, avec toute l'adresse dont il était capable.

Eh bien, mon père, s'écria Fidély, suis-je assez malheureux ! non d'être votre fils : je perds sans regret les titres et la fortune, vains honneurs qui ne m'étaient pas destinés ; mais je perds Inèsia, mon père ! Je suis indigne d'elle ; il faut que je renonce à sa main, à la voir même ; ô mon

Dieu! ce coup est pour moi le plus cruel de tous! il m'accable, ah! j'y succomberai! — Mon fils, si vous tenez de votre père, vous devez avoir du courage, de la force et de la résignation. Que sera-ce donc, quand vous connaîtrez ce père inhumain, quand vous saurez combien il fut coupable envers vous! Si vous ne gardez pas un peu d'énergie, de fermeté, pour ce récit douloureux, vous me forcerez au silence et à me séparer de vous pour jamais! — Nous séparer, mon père!.... je vous dois l'existence, il suffit; mes jours sont à vous; je vous les consacre tous dès ce moment. —Cher Fidély, la tiendras-tu, cette promesse sacrée? — Je le jure devant ce crucifix. — Que tu seras à mes ordres, soumis à mes moindres volontés. — Encore une fois, je le jure. Il est de mon devoir,

mon

mon père, de vous vouer toute la
tendresse que j'avais pour madame
la marquise, erreur de la piété filiale,
et qui se changera dans mon cœur,
pour cette respectable dame, en un
sentiment éternel et profond de reconnaissance. Hélas ! elle me disait,
ce matin, en me donnant sa bénédiction : *N'oublie jamais que l'enfant
qui se dévoue, qui se consacre entièrement à l'auteur de ses jours,
sera béni dans le ciel comme il l'est
sur la terre !* Elle ne savait pas qu'aujourd'hui même, le sort me forcerait
à pratiquer cette sainte maxime ! —
O mon Fidély, aurais-tu en effet le
cœur de ta mère ? — J'ignore quel
cœur je possède ; mais j'ai celui d'un
bon fils et d'un homme d'honneur,
j'ose m'en flatter ! Il faut, mon père,
que ce cœur éprouve pour vous un
bien vif intérêt, la tendresse la plus

I.   12

prononcée, puisqu'il renonce à Inèsia!
La nature y est plus forte que l'amour,
c'est vous en dire assez. Mais la raison aussi est d'accord avec la nature;
elle me dit qu'un malheureux comme
moi, né dans l'indigence, fils d'un
père aveugle et mendiant son pain,
doit renoncer à la main d'une riche
héritière. O ciel! je serais capable
de m'arracher la vie, si j'avais osé
l'épouser, l'abuser à ce point! Non,
Inèsia! nos liens sont rompus pour
toujours; nous ne nous reverrons
plus, Inèsia, et, par mon silence
obstiné sur mon changement d'état,
je t'épargnerai la honte d'avoir aimé
un être si peu digne que tu te sois
abaissée jusqu'à lui. Adieu, adieu,
Inèsia!.... mais, ô douleur! elle va
retomber sous la tutelle de ce méchant baron de Salavas!—Il est possible, Fidély, que nous donnions

à ce misérable trop d'occupations
pour lui laisser le temps de tour-
menter sa pupille. — Que voulez-
vous dire ? — Je m'entends. — Qui
êtes vous, mon père, comment vous
nommez vous ?— Pour ce que je suis,
je te l'ai dit, et tu ne le vois que trop.
Quant à mon nom, je me suis donné
ici celui de père Eustache; mais mon
véritable est Gérald.—Et moi ? —Tu
t'appelles Gérald aussi comme moi;
mais, mon fils, le mystère le plus
profond doit envelopper ce nom là.
Je ne le révèle qu'à toi, qu'à toi seul!
il ne faut pas qu'il soit connu. Pro-
mets-moi de ne jamais le prononcer?
— Je vous obéirai, mon père ; mais
qu'a donc ce nom pour?.... — Il est
proscrit, Fidély.... par les lois ! Ce
n'est pas tout que je te rende un père
misérable, il faut que ce coupable
père soit souillé de crimes, qui font

frémir la nature. Je te l'ai dit, je t'apporte la misère, le malheur, la honte, l'infamie peut-être ; je t'accable à la fois de tous les maux !.... peux-tu m'aimer à présent !

Gérald cache sa figure dans ses deux mains, et Fidély reste interdit. Moment de silence. Le jeune homme prend enfin la parole : Vous seriez criminel, dit-il d'une voix étouffée ! le nom que vous me transmettez ne serait point sans tache? Oh! expliquez-vous, de grace, expliquez-vous? La nature n'aurait peut-être pas assez d'empire sur moi pour me faire transiger avec le crime — J'aime, mon fils, ce mouvement noble et fier : il est dans mon caractère, et me prouve qu'un jour, tu seras digne de moi. — Digne de vous !.... encore une fois, daignez vous expliquer ? — En deux mots voilà mon histoire ; elle n'est pas longue et t'apprendra sur-le-champ ce que tu dois penser de moi.

Le jeune homme se rapproche, et prête la plus grande attention à Gérald, qui parle en ces termes :

« Dès mon extrême jeunesse, mon métier fut celui des armes. J'étais soldat quand je fis la connaissance de la belle Paola, nièce d'un officier. Je l'adorai, elle m'aima ; l'amour nous égara ; dès que je vis qu'elle portait dans son sein un gage qui allait dévoiler notre liaison, je courus chez son oncle pour la lui demander en mariage. Cet oncle sévère me refusa, me menaça de me faire arrêter, de renfermer à jamais sa nièce dans un couvent.... J'étais amant, j'allais devenir père.... ces deux titres allumèrent ma colère ; je tirai mon épée et la plongeai dans le corps de cet oncle barbare qui mourut sur-le-champ.

J'enlevai soudain ma chère Paola, avant qu'elle apprît le meurtre que je venais de commettre ; je l'épousai secrètement, et nous prîmes la fuite ; mais, bannis, proscrits, poursuivis, nous eûmes mille aventures qu'il serait trop long de te détailler.

» Arrivés dans cette contrée de la France, ma femme fut arrêtée par les ordres de son cousin, fils de l'oncle qui était tombé sous mes coups. Forcé de me cacher pour éviter le même sort, je vendis tout ce que je possédais pour séduire le geolier de la prison de Paola. Cette infortunée venait d'y accoucher d'un fils ; le geolier me le remit, à une heure indiquée au milieu de la nuit. Juge de ma situation, j'emporte cet enfant précieux ; je cours ; le geolier me suit, m'arrête, et me dit que, si je peux lui procurer une somme de cinquante mille francs, il me remettra également ment la mère... Je tenais mon enfant, mais voir ma femme en liberté était pour moi le plus grand des biens.... Que faire ? où trouver tant d'argent !

» Ici, mon fils, tu vas apprendre le crime que je t'ai déjà cité, comme outrageant à la fois les lois et la nature ! Prête-moi toute ton attention.

» Je promets au geolier sans savoir ce que je fais, et je cours à travers les rochers, les précipices, au milieu de la plus profonde nuit, jusqu'à la fontaine Sainte-Catherine, où je m'arrête, épuisé de lassitude et de douleur... Je te portais sur mon sein paternel !.... Un pressentiment funeste m'avertit que je ne te garderais pas long-temps ; tu étais faible avec cela et souffrant. Je craignis que tu mourusses sans avoir reçu l'auguste sacrement du baptême, et je pris soudain de l'eau du bassin dans ma main. Alors, seul dans la nature, et en présence de Dieu à qui j'allais te consacrer, j'imprimai sur ton front débile le sceau du chrétien, en adressant au ciel mes prières les plus ferventes pour ta félicité !

» J'avais terminé cette sainte cérémonie, lorsqu'un homme et une femme passèrent près de moi, et s'arrêtèrent à la fontaine pour s'y rafraîchir; car c'était pendant une belle nuit d'été et il faisait une chaleur insupportable. Ces gens, sans me voir d'abord, causèrent entre eux. J'entendis la femme qui disait : Il est mort, monsieur le docteur, ce pauvre enfant, il y a deux heures ; madame est accouchée à minuit. Depuis ce moment, elle est privée de toute connaissance ; quelle sera sa douleur à son réveil de savoir qu'elle a perdu

son

son enfant! —D'ailleurs, répondit le chirurgien (car c'était un accoucheur), la mort de cet enfant va lui faire perdre l'héritage en question. Près d'un million, c'est quelque chose.— Aussi, dans sa douleur, monsieur le marquis s'écriait-il tout à l'heure : Je donnerais cent mille francs, deux cent mille francs à une pauvre femme qui viendrait d'accoucher à l'instant, comme la mienne, et qui me céderait son fils. Vas, Micheline; cours dans les villages voisins; vois si tu ne me trouverais pas cela?... J'ai couru, j'ai cherché, monsieur le docteur, mais en vain, et lorsque je vous ai rencontré tout à l'heure, je retournais au château, où sans doute vous allez aussi.—On m'a averti trop tard; je ne savais pas que votre maîtresse fût déjà débarrassée. Et elle est évanouie? —Oh, elle est absolument comme en léthargie ! — Si j'avais pu prévoir cela tantôt, je ne l'aurais pas quittée ; je serais resté près d'elle.

» Pendant que ces gens causaient, je réfléchissais sur l'offre qu'ils faisaient de cent, de deux cent mille francs ; il ne m'en fallait que cinquante mille pour briser les fers de ma chère Paola ; je ne balançai pas long-temps entre le fils et la mère..... Te le dirai-je, Fidély ! j'eus la cruauté de céder au désir de te vendre pour délivrer ma femme !...

» Tu jetas un cri, et Micheline, ainsi que le docteur, s'écrièrent : Qu'est-ce que cela ? il y a un enfant ici ? — Nouveau-né, répondis-je, un garçon ; et s'il peut remplir les vœux de votre maître, madame, je suis si malheureux, que je vous céderai, quoiqu'à regret, mon pauvre enfant. — O bonheur, dit

Micheline ! veuillez nous suivre ?

» J'hésitais! la nature me faisait entendre sa voix si impérieuse... La tendresse conjugale l'emporta.

» Arrivé au château d'Arloy, on m'introduisit avec mystère, par des portes secrètes, dans le cabinet du marquis, qui était plongé dans la douleur. Micheline lui expliqua le motif de mon arrivée. Le marquis m'examina et me demanda qui j'étais. — Un étranger indigent, lui dis-je, qui voyage et qui vient de perdre sa femme en couche de cet enfant. Rien ne m'attache plus en France ; je la quitte pour jamais !

» Le marquis, peu content de cette explication, qui laissait en effet beaucoup à désirer, me fit mille questions auxquelles je répondis en déguisant le mieux que je pus la vérité. Satisfait de mes réponses, il me

demanda ensuite combien j'exigeais
pour lui laisser mon fils. Cinquante
mille francs, lui répondis-je, je n'ai
besoin que de cela.

» Il voulut absolument m'en faire
accepter soixante, et je sentis que dix
mille francs de plus me seraient nécessaires pour nous guider, ma femme
et moi qui ne possédions plus rien,
dans des pays étrangers où j'avais
l'intention de la conduire.

Le marquis me fit signer un reçu
de la somme, ma renonciation for-
melle à tous mes droits de père, et
moi, tremblant, agité de remords,
troublé à l'idée du crime que je com-
mettais (en est-il un plus grand? un
père vendre son enfant! ô mon Dieu!)
je me hasardai à lui faire cette prière:
Sans doute, monsieur, je tiendrai ma
parole et l'écrit que je viens de vous
signer; mais, sans jamais lui révéler

sa naissance, si le hasard me l'offrait
dans le monde, il me serait bien
doux de le voir, de le reconnaître !
Je me dirais : ce jeune homme est
mon fils ! et cette seule pensée me
rendrait heureux. — Quel moyen
prendre pour cela, mon ami ; car, si
je désire qu'il ne vous connaisse jamais, je ne veux pas non plus vous
priver d'un plaisir si doux, si naturel !
— Daignez, monsieur, lui donner un
prénom bizarre, peu commun ?....
appelez-le.... Fidély par exemple ?...
Sans doute il sera le seul qui portera
ce nom singulier, et alors...—Je vous
comprends ; je l'appelerai ainsi, je
vous le promets.

Les momens étaient précieux pour
le marquis, qui voulait substituer
mon enfant à l'autre qui venait, dès
sa naissance, de perdre la vie. Je
sortis du château avec les mêmes

précautions, et je volai à la prison
de Paola, où le geolier, moyennant
la somme promise, me la remit au
petit jour, avant que personne pût
s'apercevoir de son absence. Hélas !
je ne jouis pas long-temps du bonheur de la posséder !

» Paola était accouchée à une heure
du matin ; son geolier mercenaire lui
avait administré, il est vrai, les secours dont elle avait besoin ; mais
souffrante, accablée par le chagrin,
par la douleur, à peine put-elle me
suivre !... Mon intention était de la
conduire en ville, dans quelque au-
berge, où l'on pût la mettre au lit
avant qu'elle fût atteinte de la fièvre
de lait. Je la pressais tant que je pouvais, afin qu'elle quittât promptement
des lieux où nous serions sans doute
poursuivis. A quatre heures du matin, elle fut forcée de s'arrêter à la

fontaine Sainte-Catherine. Je l'introduisis en pleurant dans le caveau du
réservoir ; là , elle me demanda ,
d'une voix faible , pourquoi je ne lui
montrais pas son fils qu'elle savait
être en ma puissance. J'eus l'impru-
dence, dans mon trouble , de lui apprendre l'acte de barbarie dont je
venais de me rendre coupable ! L'infortunée mère ne put résister à ce
coup violent ; elle mourut de douleur
dans mes bras !.... O nuit affreuse ! ô
moment effroyable ! jamais vous ne
sortirez de ma triste pensée !

» Que devins-je après un événement aussi funeste !.... Je m'expa-
triai , je voyageai ; je dissipai le peu
qui me restait, et privé de ma femme,
de mon fils , la douleur aliéna mon
cerveau ; je restai quelques années
frappé d'une démence stupide dans
un hôpital ; j'en sortis pour me faire

soldat de nouveau. Un biscayen me creva les deux yeux dans une action, et je ne rentrai plus dans la société que pour y mendier mon pain, à la faveur de mon infirmité.

» Avant cet accident, et quelque temps avant la mort du marquis, je me présentai à lui ; il m'accueillit avec bonté, et me fit voir mon fils à travers un carreau de la porte vitrée de son cabinet, dont je soulevai un coin du rideau. Il me rappela ma promesse, me fit quelque aumône et me congédia. Il faut croire que son projet de t'envoyer vers moi, lorsqu'il ne serait plus, ne lui est venu qu'à l'époque de sa mort ; car il ne m'en parla pas du tout ce jour là, et j'ignorerais encore cette particularité, sue à ce qu'il paraît de Micheline seule, si tu n'étais pas venu me l'apprendre. Le marquis, m'as-tu dit, m'a relevé de mon serment ; il m'a permis de parler ? Il était donc de mon devoir de t'apprendre la funeste vérité , pour t'empêcher de tromper deux familles à la fois ; mais qu'il m'en a coûté ! Tu as vu combien j'ai hésité avant de répondre à tes pressantes questions'... Mon cher Fidély !... Ainsi, tu es mon fils ! Si tu en doutes, lis cet écrit , cet indigne marché que je souscrivis chez le marquis , il y a vingt ans , la nuit même de ta naissance ; mais lis tout bas, ne me rappelle point des clauses , des expressions , dont j'ai tant rougi depuis ce funeste moment ? »

Gérald remit en effet ce papier à Fidély qui le lut bas , suivant son désir , et vit clairement qu'il n'était que le fils de l'indigence et du malheur !

CHAPITRE VIII.

Nouvelles confidences.

LE lendemain du jour où la marquise d'Arlóy avait fait son testament, dont une des clauses était en faveur de sa chère Inèsia, la bonne Micheline, en entrant pour servir à déjeuner, vit que les deux dames pleuraient, confondues dans les bras l'une de l'autre : Eh quoi, dit cette fidèle gouvernante, toujours des pleurs, toujours des regrets ! Avons-nous oublié le projet que nous avons fait de partir toutes les trois ; de chercher par-tout notre enfant ? Est-ce ici, est-ce en versant des larmes que nous le retrouverons ? Nous devrions déjà être en voyage. — Mais où tendre

nos pas , lui demande la marquise ?
de quel côté ? où cet ingrat s'est-il
caché. — Il veut , dit-il , se consacrer
au culte des autels. Ce n'est que dans
une église que nous pourrons le rencontrer.—Fort bien : irons nous visiter tous les temples ? — Attendez ?
il me vient une idée , que j'ai eue déjà,
mais que je n'ai pu mettre à exécution depuis le départ de Fidély , tant
j'ai été chagrine et malade de sa fuite.
—Quelle idée , Micheline?.... — Oui,
c'est cela. Aujourd'hui je me sens
mieux ; je vais aller.... — Où ? — Je
ne puis vous le dire ; vous le saurez
à mon retour, si cet homme peut me
donner de sûrs renseignemens. —
Quel homme ?—Un homme que vous
connaissez toutes deux ; mais que je
ne dois pas vous nommer quant à
présent. Si je n'avais pas eu les jambes brisées de cet événement , j'aurais

été le voir plutôt ; il aurait peut-être
dissipé toutes nos inquiétudes. Je
cours vers lui. Dans deux heures, je
serai de retour , et je pourrai peut-
être vous donner des nouvelles du
jeune homme qui nous est si cher.
— Micheline , je veux absolument
connaître.... — Vous ne connaîtrez
cet homme que lorsque ma démarche près de lui aura réussi ; adieu.

Micheline a déjà quitté l'appartement. On devine que son projet est
d'aller trouver l'aveugle vers lequel
elle a envoyé Fidély. Elle était en
effet trop faible pour avoir entrepris
plutôt ce voyage, auquel , dans sa
mortelle inquiétude , elle avait sans
cesse pensé. Le seul Père Eustache
pouvait lui dire ce qu'était devenu
le marquis.

Elle se préparait donc à sortir du
château pour s'acheminer vers la fon-

taine Sainte-Catherine , lorsque le
concierge lui dit : Ah, dame Micheline , vous voilà ; j'allais envoyer ma
femme vous dire que depuis une
bonne demi-heure , une espèce de
pauvre , un homme , dont la mise
annonce l'indigence, demande à vous
parler dans l'avenue en particulier. Il
n'a jamais voulu entrer, quelques instances que je lui aie faites. — Que me
veut cet homme ? — Il ne le dit pas.
— Où est-il ? — Au second arbre de
la demi-lune , là bas ; ne l'aperce-
vez-vous pas ? — Voyons qui c'est.

Micheline s'avance vers l'étranger
qui lui dit : Madame est-elle madame
Micheline ? — C'est moi.... Vous, qui
êtes-vous, que me voulez-vous ? —
Madame ne me trompe pas ? elle
est bien dame Micheline ? — Que
de mystère ; je la suis, vous-dis-je.
— En ce cas, veuillez avoir la com-

plaisance de m'accompagner jusqu'à cette cabane abandonnée qui est à deux pas de nous, et qui paraît avoir autrefois servi de regard. — Oui, il y avait là un regard. Quel rapport ?... — Il n'y a plus de porte. Est-elle ouverte ainsi jour et nuit?... —Pourquoi ces questions?—Veuillez y entrer avec moi, vous en saurez la cause, et vous me remercierez de vous y avoir conduite.

Micheline était bien éloignée de connaître la méfiance et la peur. Il était neuf heures du matin, et le regard où on l'invitait à entrer était dans la plaine, à six cents pas au plus de la grille du château ; elle suivit l'étranger à qui elle fit en vain mille questions ; il n'y répondit pas.

Cette cabane était fort petite, et tombait en ruines. Micheline n'eut

pas plutôt jeté les yeux dans son intérieur, qu'elle y aperçut.... Fidély.
C'était Fidély lui-même, mais couvert d'une simple redingotte, revêtu
des habits les plus simples. Il s'elança
dans les bras de celle qui avait élevé
son enfance, en s'écriant : Oh, ma
bonne, je vous revois ! — C'est vous,
quoi, c'est vous, mon jeune maître,
dit à son tour la bonne Micheline
en versant des larmes de tendresse.
Oh, que vous nous avez fait de mal !
Revenez-vous, rentrez-vous au château ? — Eh, le puis-je, vous qui
savez !... — L'aveugle, cet homme
cruel, vous a donc dévoilé le mystère
de votre naissance ? — Il m'a tout dit ;
mais de grace, Micheline, avant que
j'écoute vos conseils, que je prenne
un parti, daignez m'éclaircir quelques
endroits de son récit, qui m'ont sem-
blé obscurs, sans doute parce que lui-

même n'en savait pas assez pour me
les mieux détailler ! Je sais que je
suis son fils ; je sais qu'il s'est vu
forcé de me... céder au marquis d'Arloy ; mais pourquoi, comment, pour
quels motifs ce seigneur a-t-il daigné
m'adopter, m'élever comme son
fils ? Pourquoi enfin, à ses derniers
momens, m'a-t-il ordonné de taire
à jamais à son épouse le secret qu'on
devait me dévoiler un jour ? voilà
ce que mon père n'a pu m'apprendre.
Vous le savez, vous, bonne Micheline. J'attends de vous cette explication, qui versera tout à fait la lumière sur l'histoire de mon enfance
infortunée... Vous regardez monsieur
qui vous a introduite dans cette masure ? Vous redoutez de parler devant lui. Vous ignorez qu'il est le
meilleur ami de monpère, et le mien
par conséquent. Dites tout, bonne
                                    Micheline,

Micheline ; il n'y a personne ici d'étranger à ce qui me regarde.

— Vous le voulez, cher Fidély, je vais vous satisfaire.

Micheline examine encore son jeune maître avec le plus grand intérêt. Elle l'embrasse, elle le serre de nouveau dans ses bras; puis elle lui fait le récit suivant :

» Le père du seigneur qui vous a adopté était un officier de mérite, mais qui mourut veuf et sans fortune. Il avait un frère aîné, nommé le comte d'Arloy de Figuière. Ce frère, qu'on appelait plus communément le comte de Figuière, avait inspiré la plus forte passion à la jeune et belle Sygemonde, orpheline et riche héritière. Sygemonde, libre de ses volontés, donna sa main au comte et lui apporta en dot une fortune immense ; mais le comte n'en jouit pas

long-temps ; il mourut quelques années après le père de votre protec-
teur , son frère puîné , et laissa sa
veuve inconsolable. La comtesse adorait son mari , et ce mari ne lui avait
pas laissé d'enfans, qui pussent adoucir dans son cœur le regret d'avoir
perdu le plus cher des époux. La comtesse prit chez elle le neveu de cet
époux , le même marquis d'Arloy ,
qui vous a élevé. Elle eut soin de son
éducation ; mais fière , haute , abso-
lue , la comtesse ne rendit pas sa
jeunesse très-heureuse. Quoique le
jeune marquis fît tout ce qui était en
son pouvoir pour lui plaire, elle ne
put s'attacher à lui autant que ce
jeune homme le méritait. Bientôt,
elle l'envoya aux armées et ne s'en
occupa plus.

« Le marquis d'Arloy , se con-
duisant toujours en homme d'hon-

leur, en brave officier, sut mériter
l'estime de ses chefs, au point que
l'un d'eux, son général, le sachant
amoureux fou de sa fille, la lui
donna en mariage avec une dot, qui
établit sur-le-champ à ces époux
une vingtaine de mille livres de rente ; mais, avant de contracter ces
nœuds, le marquis, quoiqu'il fût
majeur et libre de ses volontés,
voulut avoir le consentement de sa
tante. Il vint la voir ; il lui fit part
de l'heureux établissement qu'il allait
former. La comtesse de Figuière, au
lieu d'être contente du bonheur de
son neveu, se mit dans une colère
épouvantable. Qu'est-ce à dire, monsieur, s'écria-t-elle ? vous qui n'avez
rien, absolument rien que l'attente
de mes bienfaits, vous osez recevoir
d'une famille un pareil cadeau ! vingt
mille livres de rente ! Vous allez

donc vivre aux dépens et sur la dot
d'une femme ! Se laisser, sans délicatesse, enrichir par une femme, est-
il rien de plus bas!— Mais ma tante,
il me semble que mon oncle n'était
pas plus plus riche que moi lorsqu'il
eut le bonheur de vous épouser? —
Quelle différence, monsieur! votre
oncle était un homme plein d'esprit,
de talens, de moyens, de mérite en
un mot ; au lieu que vous !.... vous
n'avez rien qui puisse dédommager
votre épouse d'un pareil sacrifice !
Votre oncle! osez-vous faire entre lui
et vous le moindre rapprochement !
votre oncle! si j'avais possédé une
couronne, je la lui aurais offerte,
bien sûre qu'il l'eût dignement por-
tée.D'ailleurs vous ne m'avez pas con-
sultée avant de prendre tous vos ar-
rangemens.Je suis piquée qu'on fasse,
pour ainsi dire, l'aumône au neveu de

la comtesse de Figuière! je ne l'aurais
pas souffert; j'aurais doté mon neveu.
Aujourd'hui, on se passera de moi,
puisqu'on a tout décidé sans moi.
Mariez - vous, monsieur, ne vous
mariez pas, faites tout ce qu'il vous
plaira, et ne comptez ni sur ma tendresse, ni sur ma fortune!

» Un pareil travers surprit étran-
gement et affligea le jeune homme.
Il se jeta aux genoux de la fière comtesse, et lui démontra, avec tant d'éloquence, l'humiliation que son éloignement jetterait sur la noble famille
de sa femme, que la comtesse, dont
le cœur était très-bon, consentit à se
trouver à son mariage; mais, ajouta-
t-elle, ne comptez pas sur moi pour
vous donner une dot; il est trop tard
pour que j'aille l'offrir à cette noble
famille, ainsi que vous l'appelez,
qui me répondrait avec raison :

Madame, nous ne vous demandons rien ; apparemment que nous n'avons pas besoin de vos dons, puisque nous avons tout décidé sans vous en rien communiquer. — Ma tante, où prenez-vous ces expressions ? — C'est que je suis outrée de votre silence... J'irai cependant ; je vous servirai de mère ce jour là, et je... je ferai une proposition, qui prouvera que je sais apprécier la délicatesse des procédés.

» Au jour indiqué pour l'hymen, la comtesse y servit, comme elle l'avait promis, de mère à son neveu, et sur le soir, avant de se retirer, elle dit aux deux époux, ainsi qu'aux parens de sa nouvelle nièce : Ah ça, mes amis, voilà maintenant nos deux familles bien unies, n'est-il pas vrai ? je veux vous prouver que je désire être utile à mon tour à ce jeune ménage. Mon neveu sait combien je

chérissais mon mari ! porter son nom
fut long-temps le plus doux de mes
vœux. Ce nom, illustré par sa vail-
lance et ses talens, je brûle de le
voir se transmettre à la postérité la
plus reculée. J'ai beaucoup de neveux
dans ma propre famille ; je n'ai que
celui-ci du côté de mon mari, et que
lui seul par conséquent qui porte ce
nom si cher à mon cœur ! Voici mes
conditions : Si le premier enfant, qui
doit naître de leur union, est un
garçon, un d'Arloy par conséquent,
je léguerai aux auteurs de ses jours
et à lui, une somme de huit cent
mille francs sur mon héritage ; il
m'en restera encore assez pour faire
d'autres legs particuliers. Si au contraire leur premier enfant est une
fille, ils n'auront... que le peu qu'il me
plaira alors de leur laisser. Sans être
fort âgée, je suis d'une très-mauvaise

santé ; j'ai peu de temps à jouir ; je désire que le ciel me fasse voir naître un petit d'Arloy encore, avant que je meure. Voilà ce que j'avais à vous dire ; j'ai l'honneur de vous saluer.

» La comtesse se retira, laissant tout le monde étonné de son étrange projet.

» Le marquis d'Arloy, humilié intérieurement de tout devoir à sa jeune épouse (elle avait dix-sept ans), partageant un peu sur ce point l'opinion de sa tante, brûlait de devenir père d'un garçon, afin de pouvoir apporter par la suite à sa femme le double de ce qu'elle lui avait donné ; mais cette très-jeune personne était aussi d'une santé des plus délicates. Les médecins assuraient que, s'il lui était possible d'amener à bien un premier enfant, un second la tuerait. Jugez de la joie, et en même temps de l'inquiétude générales, générale, quand, quelques mois après, on apprit qu'elle était enceinte. La comtesse de Figuière alors se rapprocha de sa nièce, pour laquelle, en la connaissant mieux, elle conçut une véritable affection. Elle venait la voir tous les jours, et tous les jours elle la berçait de l'espoir qu'elle aurait un fils, qu'elle deviendrait son héritière. Plus le terme approchait, plus la comtesse manifestait sa satisfaction, tandis que le marquis, voyant la faiblesse et le marasme de sa femme, redoutait de perdre la mère, l'enfant peut-être, qui pour lui étaient plus précieux que l'héritage, quoiqu'il dût y tenir.

» Le jour même qui précéda l'accouchement de la marquise, la comtesse de Figuière lui tint fidèle compagnie, comme elle le faisait depuis deux mois ; mais, ne présumant pas qu'elle

dût, le même soir, devenir mère,
elle la quitta à huit heures, en même
temps que l'accoucheur qui demeurait à Bagnères. Cet accoucheur était
venu dîner au château, et il avait dit
en secret au marquis et à sa tante,
qu'il croyait que la marquise avait
encore un jour ou deux à attendre ;
qu'elle avait plus de force qu'on ne
lui en supposait ; que cependant, en
mettant son enfant au monde, elle
pourrait fort bien perdre connaissance pendant quelques heures ; mais
que cet accident, auquel il saurait
porter remède, ne devrait nullement
effrayer.

» L'accoucheur et la comtesse étant
partis, la marquise ne se sentit pas
bien. Je la mis au lit, et son tendre
époux resta avec moi auprès d'elle.

A minuit, sans qu'elle se fût hau-
tement plaint jusqu'alors, elle jeta

un cri perçant, et je fus obligée de faire l'office de matrone pour amener au monde un enfant du sexe masculin. Sa vue nous comblait de joie, lorsque nous remarquâmes que la marquise était tombée dans un profond évanouissement. L'enfant, sec, maigre et faible, expira soudain dans mes bras. Quelle douleur pour le marquis!.... Nous prodiguons à la marquise des soins qui restent sans effet. Nous nous rappelons alors que l'accoucheur nous a prévenus de ne pas nous effrayer, si un pareil accident arrivait; je cours tout de suite dans l'antichambre pour ordonner à un domestique d'aller chercher cet accoucheur qui demeure à une lieue et demie; on exécute mon ordre, et je reviens trouver le marquis. J'étais seule avec lui, près de la marquise et du cadavre de son enfant. Ce fut

alors que, dans le désir de tromper
sa tante et sa femme, il m'envoya à
la recherche d'un enfant nouveau-né,
comme s'il eût eu le pressentiment
que la providence exaucerait en effet
un vœu si bizarre.

» J'avais déjà parcouru plusieurs
villages, où, avec toute la prudence
possible, j'avais fait des questions re-
latives à l'objet de ma mission, lorsque je rencontrai, au-delà de la fontaine Sainte-Catherine, l'accoucheur
que le domestique avait prévenu et
qui accourait au château. Ce domestique qui ignorait, ainsi que tous les
autres, que l'enfant de sa maîtresse
fût mort (je n'avais fait que lui ordonner vivement d'aller chercher
l'accoucheur, sans lui rendre aucun
compte), ce domestique, dis-je, était
allé coucher, le reste de la nuit, chez
sa mère qui demeurait à côté du

docteur, ensorte que, ce dernier et
moi, nous nous rencontrâmes seuls.
Arrivés à la fontaine, nous nous
mîmes à causer, et je découvris là
votre malheureux père qui vous portait dans ses bras. J'avais trouvé ce
que je cherchais ; il était impossible
de mieux rencontrer. Je l'introduisis
en secret dans le cabinet du marquis,
et vous nous restâtes, ainsi que vous
le savez. Je reconduisis votre père
avec les mêmes précautions ; à mon
retour, j'enterrai moi-même l'enfant
mort dans un coin isolé du parc, et
tout cela se fit avec tant d'adresse,
tant de prudence, que personne ne
soupçonna et n'a jamais rien soupçonné de ce qui s'est passé dans cette
nuit, si fatale à la fois et si heureuse
pour mon maître. Quand je rentrai
dans la chambre à coucher de la
marquise, elle avait recouvré sa

connaissance , grace aux spécifiques
que le docteur lui avait administrés.
Elle demanda soudain son enfant;
on vous remit dans ses bras, et,
croyant être en effet votre mère,
elle vous en voua toute la tendresse
à jamais. Elle vous nourrit à l'instant de son lait , devoir pieux dont
elle s'est fidèlement acquittée pendant les premiers mois de votre débile enfance , et le secret de votre
naissance ne fut connu que du marquis , de moi et de l'accoucheur. Cet
homme , moyennant une forte récompense, a gardé ce secret jusqu'à
sa mort arrivée six ans avant celle
du marquis. Quant à moi, le marquis n'exigea pas même un serment
de ma bouche; il connaissait trop
mon zèle, ma fidélité pour lui, ainsi
que mon éternel attachement pour
ma chère maîtresse, dont mon indis-

crétion eût détruit le bonheur. Revenons au lendemain de la nuit de votre adoption.

» La comtesse de Figuière arriva à son heure ordinaire, et fut bien étonnée en apprenant que sa nièce était accouchée; mais sa surprise se changea en des transports de joie quand elle sut que le marquis était père d'un garçon. Voilà, dit-elle, voilà le moment de tenir ma promesse! Je veux, avant même la célébration du baptême, que cet enfant soit sûr, ainsi que ses père et mère, du cadeau que je leur fais. Qu'on aille chercher un notaire ?

» On lui représenta en vain qu'elle avait tout le temps; elle exigea qu'on souscrivît à ses vœux, et, le notaire arrivé, elle lui dicta son testament, dans lequel, après avoir fait prescrire plusieurs petits legs, elle insti-

tua celui de huit cent mille francs en
faveur de son neveu, de sa nièce, à
condition qu'ils n'en seraient qu'usu-
fruitiers, et que cette somme serait
substituée à leur enfant.

» On baptisa celui-ci avec les plus
grandes cérémonies ; et suivant la
promesse qu'il en avait faite à votre
père, le marquis voulut que son premier prénom fût celui de Fidély. La
comtesse, qui fut votre marraine,
trouvait ce nom bizarre, inusité,
extravagant même. Le marquis in-
sista, et vous fûtes nommé Fidély-
Léonce-Sygemond d'Arloy. Il semblait que la comtesse attendît cet
événement pour quitter la vie ; elle
mourut quinze mois après d'une maladie de langueur, et son testament,
mis à exécution, enrichit soudain le
marquis et sa femme de quarante
mille livres de rente de plus. Vous

jugez combien vous deveniez précieux , sur-tout à votre mère ! Le
marquis n'était pas si heureux , ni
aussi content intérieurement que sa
femme. Il éprouvait des remords ; il
sentait qu'il avait introduit chez lui
le fils de l'étranger pour subtiliser
un héritage, et cette action indélicate
le plongeait souvent dans des accès
de mélancolie. Mais pouvait-il désa-
buser sa femme ! sa femme , mala-
dive et toujours souffrante , qui ne
désirait plus d'autre gage de son hymen , et qui adorait celui-ci ! sa femme , en un mot , qui chérissait , esti-
mait son mari , et qu'un pareil aveu,
en lui retirant son estime pour son
époux et sa tendresse maternelle, aurait indubitablement plongée dans
le tombeau !.... Il était riche ; mais
comment avait-il acquis tant de fortune ! Voilà ce dont il se plaignait

sans cesse à moi, dans nos conversa-
tions confidentielles.

» Enfin le trait aigu du remords,
mon cher Fidély, a hâté les jours de
cet excellent homme. Bourrelé jusqu'à la fin, n'osant pas vous avouer
la cause de ses chagrins, il vous ordonna seulement, à ses derniers momens, d'aller voir l'aveugle de la
fontaine, avant d'entreprendre quelque acte sérieux ; il vous ordonna en
même temps de cacher à jamais à la
marquise le mystère que cet homme
pourrait vous confier ; et, lorsque vous
quittâtes son lit de mort, il me dit en
secret ce qu'il venait de vous com-
mander, et me fit promettre de vous
rappeler votre serment, si jamais
vous vous trouviez au moment de
l'oublier. Il me recommanda de plus
de ne point parler à l'aveugle des in-
jonctions qu'il venait de nous faire,

à vous et à moi. J'ai des raisons,
ajouta-t-il, pour laisser agir cet homme d'après ses propres impulsions :
il tient entre ses mains les destinées
bizarres de Fidély ; il peut le rendre
ou très à plaindre , ou très-heureux ;
oh ! je tremble qu'il ne fasse jamais
que son malheur !

» Telles furent ses propres expressions. Elles sont bien obscures , j'en
conviens ; mais , à présent que cet indigent a parlé , je ne dois plus vous
taire rien de ce que je sais. Le marquis avait aussi recommandé à sa
femme de ne jamais vous apprendre
que sa tante leur avait légué, ainsi
qu'à vous, une si forte somme, ayant
pour cela, disait-il, des raisons qu'il
devait lui communiquer un jour. Ces
raisons, ma maîtresse ne les a jamais
sues , et cependant elle a suivi les
instructions de son mari. Jusqu'à

présent vous n'aviez jamais entendu prononcer le nom de la comtesse d'Arloy de Figuière ; tandis que vous avez connu votre grand'père, toute la famille de votre mère, famille bonne, excellente, qui vous a gâté à la journée dans votre enfance, et dont il ne reste plus que des cousins, des cousines, des parens éloignés qui s'étaient réunis au château le jour où votre mariage devait s'y célébrer. Ainsi, vous savez tout maintenant ; vous vous-connaissez ; vous connaissez votre père ; et, quoique j'ignore quelles aventures doivent encore vous arriver, si vous les écrivez un jour, vos lecteurs seront bien vite instruits sur les détails de votre naissance ; ils ne pourront pas vous regarder comme un enfant du mystère; il n'y en a plus à vous dévoiler. »

~~~~~~

CHAPITRE IX.

On ne le tient pas encore.

LA marquise d'Arloy et sa chère Inèsia avaient vu Micheline quitter brusquement leur appartement, sans vouloir leur donner la moindre explication sur la démarche qu'elle se proposait de faire, et cette retenue de leur fidèle confidente les étonnait. De quel homme veut-elle parler, dit Inèsia ? Vous devez le connaître, ma bonne mère ? (C'est ainsi qu'Inèsia nommait depuis quelques jours sa protectrice).

La marquise lui répondit : Je vous jure, mon enfant, que j'ignore absolument ce qu'elle veut dire. — Ne serait-ce pas l'aveugle de la fontaine

Sainte-Catherine, ce prétendu devin
en qui elle a tant de confiance ? —
Bon, quelle apparence ! Parce que ce
vieux fou lui a dit que Fidély serait
malheureux si on le mariait avant
qu'il eût atteint l'âge de vingt-cinq
ans ?.... Il est certain que cela l'a fort
troublée.... depuis ce moment.... Il
serait singulier.... — Mais est-elle
partie, sérieusement ? — Je le crois.
— Il serait curieux de voir si elle
prend le chemin qui conduit droit à
la fontaine miraculeuse. J'ai bien envie d'aller voir....—Descendons nous
deux, ma fille ; nous ferons un tour
dans l'avenue. Micheline ne peut pas
être bien loin, nous la découvrirons
sans doute ; nous l'appellerons et
nous l'interrogerons de nouveau.....
Mais soutiens-moi, Inèsia, car je suis
bien faible ! La nuit, le jour, le souvenir de mon fils !... Ah ! j'en mourrai.

Inèsia donne le bras à la marquise, et toutes deux vont dans l'avenue d'où elles regardent de tous les côtés, sans apercevoir l'objet de leurs recherches. Elle n'a pourtant pas eu le temps de faire beaucoup de chemin, cette discrète Micheline, et le concierge vient d'assurer qu'elle est sortie.... mais il a ajouté qu'un étranger l'avait demandée. Où est cet étranger? où est-elle elle-même?

En faisant ces réflexions, les deux dames croient entendre parler de loin dans le regard inhabité. Il y a du monde là bas, dit Inèsia.—J'ai cru en effet... — Le nom de Fidély a frappé mon oreille, j'en suis sûre.— Micheline serait-elle là? parlerait-elle de mon fils avec cet étranger qui voulait l'entretenir en particulier? Allons-y; aussi bien la chaleur m'accable;

là, nous pourrons nous abriter des rayons du soleil.

Les deux dames s'avancent vers le regard, et en voient sortir Micheline, Fidély et son confident qui les ont aperçues. Embarrassés tous trois à l'aspect inattendu de la marquise et d'Inèsia, ils ne savent que leur dire. Au cri aigu de *Ciel! Fidély!* que prononcent les dames, Fidély s'est jeté dans les bras de la marquise en versant un torrent de larmes.

La marquise perd soudain connaissance. Les deux hommes la prennent dans leurs bras, la portent jusqu'au château, dans son appartement où elle revient à elle. Inèsia, Micheline les ont suivis, et ces quatre personnes pleurent en se regardant, sans avoir la force de s'adresser une seule question.

La marquise rompt la première

cc

ce silence expressif : Ingrat, s'écrie-t-elle, tu vois ce que ta seule vue produit sur le cœur sensible de la plus tendre des mères, et tu as pu l'abandonner !

Fidély se tait. Inésia dit à son tour : Et ton Inèsia, Fidély ? crois-tu donc qu'elle puisse survivre à la douleur de t'avoir perdu !... tu as outragé à la fois la nature et l'amour !

Fidély se tait toujours. Ma fille, réplique la marquise, ne l'accablons pas de reproches ; montrons-lui la même tendresse qu'autrefois. Il ne peut être assez barbare pour nous cacher les motifs de sa conduite. S'il se tait, c'est qu'il veut absolument la mort de sa tendre mère et de sa fidèle amante ! — Moi, s'écrie Fidély ! moi causer la mort de ce que j'ai de plus cher au monde ! —De plus cher, répond la marquise !...(*elle l'examine*).

I.   16

Comme vous êtes mis, mon fils ! pourquoi cette négligence dans vos habits ? que vous est-il donc arrivé ? — Ces vêtemens, madame, sont les seuls qui conviennent maintenant à ma triste situation. — De quelle situation parlez-vous; encore une fois, que vous est-il arrivé; expliquez-vous; je vous l'ordonne ?

Fidély se tait. Silence général. Tous les yeux sont fixés sur lui; on attend qu'il sorte un mot de ses lèvres décolorées... il garde toujours le silence.

Inèsia s'écrie : Il n'ose l'avouer, madame; mais il ne m'aime plus; une autre femme a touché son cœur. Il me quitte, il nous abandonne pour une nouvelle passion. Il faisait avec peine les préparatifs de notre hymen; vous l'avez vu, quelques jours avant, la veille de ce jour fatal, triste, soucieux, soupirant sans cesse et répondant à peine aux questions qu'on lui adressait ; il se faisait violence pour ne pas éclater. Enfin , il n'a pas eu la force de terminer cet odieux hymen ; il a fui ! — Au moment, réplique la marquise , au moment où tout le monde était assemblé ! faire une pareille insulte à deux familles ! Ah ! monsieur , sentez-vous la grossièreté d'un pareil procédé ?

Fidély lève les yeux vers le ciel et dit d'une voix altérée : O mon Dieu , vous seul savez ce que je souffre ! —Mais pourquoi, mon fils ; quel malheur peut vous accabler ? serait-ce ce que présume Inèsia ? auriez-vous une autre passion dans le cœur ? cela me surprendrait ; car vous ne m'avez jamais quittée. Je ne vous connais aucun sujet de trouble, d'inquiétude. Vous êtes mon fils, mon héritier, qui pourrait vous susciter des infortunes?

à moins que ce ne soit quelque folie de jeunesse ? — Madame, si jamais vous apprenez la cause de ma douleur, vous me plaindrez alors, et vous ne m'accuserez plus !

La marquise est émue de voir couler des larmes de ses yeux. Elle lui prend la main et lui dit avec la plus grande douceur : Voyons, Fidély, répondez à votre mère ? quel est cet homme qui vous accompagne ici ? — Madame, c'est mon ami. — Votre ami ? je ne l'ai jamais vu avec vous, et ce choix me paraît !... N'importe : d'où venez-vous ; où avez-vous passé ces trois jours ? — Mon ami et moi, nous avons promis à Dieu d'en faire un secret. — Pour moi, pour votre mère ? — Pour tout le monde. — Comment, vous n'osez avouer le lieu où vous vous êtes caché ? — Je ne le puis. — Non plus que la cause qui vous a fait nous quitter ?— Dieu me défend de la révéler. — Qui a pu vous mettre dans la tête ces idées de dévotion outrée?— Je n'ai point, madame, une dévotion outrée. Le malheur m'a fait me jeter dans le sein de mon créateur, voilà tout. — Le malheur ? — Oh, oui, madame, le malheur ! — Et pourquoi cette affectation à ne m'appeler que madame, mon fils ? ne suis-je donc plus votre mère ? — Vous la fûtes et vous la serez toujours. — Je le pense bien ; quand vous ne voulez plus être mon fils, je ne puis cesser, moi, d'être votre mère. Je vous le prouverai, Fidély, en vous traitant avec toute la pitié que mérite l'aliénation de votre esprit. — Je ne puis rester près de vous, mad... ma mère. —Comment ? vous voulez me quitter de nouveau ? — Il le faut. — Qui

vous y force ? — Un devoir sacré. —
Un... en est-il de plus sacré que celui
d'obéir à une mère ? — J'ai promis,
j'ai juré... — Quoi? à qui ? — A Dieu.
— Encore ? on s'y perd ! Est-ce que
vous voulez sérieusement entrer dans
un couvent; vous faire religieux ? —
Je ferai ! ce qu'exigera l'Être qui a
tout pouvoir sur moi ? — Quel est ce
langage? Dieu exige-t-il que vous
trahissiez la nature, que vous aban-
donniez votre mère ? — Pour hono-
rer un père de qui je dépends. —
Vous dépendez de Dieu, je le sais ;
mais, en même temps, vous vous
devez à l'auteur de vos jours ? —
O madame ! ô ma mère !

Le pauvre Fidély verse des larmes;
Inèsia et sa mère en répandent aussi :
Micheline et l'étranger sont plongés
dans une sombre stupeur.

Fidély reprend la parole : Abré-

geons, dit-il, cette scène de douleur.
Retirons-nous, mon ami, et faisons
des vœux au ciel pour la conserva-
tion des jours d'une mère aussi tendre et aussi respectable ! — Vous ne
partirez point, s'écrie la marquise!
j'ai des droits sur vous ; je vous ordonne de rester, et, si vous m'y for-
cez, j'emploierai tous mes domestiques à vous barrer le chemin, à
vous lier, s'il le faut ? — Ma mère,
ce scandale serait inutile. Cette nuit,
dans un autre moment, je trouverais
le moyen de m'échapper ? —Où suis-
je! oublie-t-on que je puis invoquer le
secours des lois ; elles protègent les
mères que des enfants ingrats veulent abandonner. — Oh, madame !
gardez-vous d'invoquer les lois dans
cette malheureuse affaire ! elles nous
perdraient tous. —Tous ! comprend-
on un mot à ce qu'il dit ! sommes-

nous des coupables pour les redouter ?... Malheureux ! quel trait de lumière !.... auriez - vous commis un
crime ? — Dieu connaît mon innocence. — Arrangez-vous donc ; vous
parlez de malheureuse affaire, des
lois qui nous perdraient. Je le répète
et ne le vois que trop, votre raison est
aliénée.—Adieu, ma mère.—Inèsia !

La marquise, au désespoir, se retourne vers Inèsia, comme pour lui
demander son appui. Inèsia est aussi
affligée qu'elle. Ces deux femmes ne
peuvent que pleurer. Elles se lèvent
cependant, quand elles voient Fidély -
et son ami prêts à quitter l'appartement. La marquise appelle ses gens
à grands cris. Fidély lui dit : Madame,
nous sommes disposés à leur opposer
la plus vigoureuse résistance. Voulez-vous compromettre votre fils avec
vos valets ?

Ces

Ces valets ne sont que trois, y compris le concierge, et tous trois si âgés, que deux jeunes gens les auraient bientôt mis hors de combat. La marquise fait rapidement cette réflexion et approuve celle de Fidély; elle se contente, ainsi qu'Inèsia, de lui tendre les bras, en gémissant, en le suppliant de rester.

Fidély met devant elle un genou en terre; il saisit une de ses mains, la baise avec ferveur, l'arrose de ses larmes; puis il se retire en prenant le bras de son ami, et en s'écriant avec l'accent de la plus vive douleur: Mon ami... partons !

Tous deux disparaissent.

La marquise s'écrie à son tour par une fenêtre : Retenez-le, fermez-lui les portes, fermez-lui la grille!... Mais les deux fugitifs sont dans l'avenue, avant que le vieux concierge ait

entendu l'ordre de sa maîtresse. Enfin les deux amis se sauvent à toutes
jambes, et l'on n'a là personne d'assez alerte pour les suivre et courir
après eux.

La marquise et son Inèsia tombent
dans leurs fauteuils en sanglottant.
Qu'est-il venu faire ici, dit madame
d'Arloy! Vous le savez, Micheline,
puisque vous causiez avec eux? —
Madame, l'étranger m'a entraînée,
sous un prétexte, jusqu'à la masure.
Là j'ai été aussi joyeuse que surprise
de retrouver Fidély, et je le pressais
en vain d'entrer au château quand
vous avez paru. — Quel motif allé-
guait-il pour refuser? —Qu'il ne pouvait plus y demeurer. — La raison?
— Il me l'a cachée comme à vous.
— Mais il avait donc quelque chose à
vous dire, puisqu'il vous a fait demander par son prétendu ami? — Il

voulait, m'a-t-il dit, apprendre ce qui s'était passé ici, savoir de vos nouvelles, et vous faire dire, par ma bouche, qu'il vous chérirait, qu'il vous honorerait toujours.—Lui avez-vous bien retracé tous les maux qu'il nous a causés ? — Oui, madame ; ce tableau l'a pénétré de douleur. — Quel étrange mystère ! Il faut qu'il y ait là dessous quelque chose de bien extraordinaire ! — Il vous chérit toujours, madame, comme une tendre mère, et il adore toujours mademoiselle d'Oxfeld, sa chère Inèsia, ainsi qu'il l'appelle.—O mou Dieu, s'écrie Inèsia, que lui est-il donc arrivé !—Il s'obstine à le taire, réplique la marquise. Ou c'est folie chez lui, ou il est la victime de quelque grand événement. D'où pourrait naître cet événement ? voilà ce qui me passe.

Qu'on se mette en effet à la place

17.

de cette tendre mère. Son intérieur a joui constamment de cette douce tranquillité qui accompagne toujours, dans les familles honnêtes, l'aisance et la probité. Elle a nourri son fils ; elle ne l'a pas perdu de vue un seul instant. Quel malheur subit, inattendu, a pu trouble r la tête de ce jeune homme, au point de le forcer à fuir la maison maternelle, à renoncer à la main de celle qu'il aime le plus au monde ! Si le lecteur ne connaissait point le secret de Fidély, il faut convenir qu'il s'y perdrait, comme le font la marquise et son Inèsia, dont la situation est vraiment des plus douloureuses.

Pourquoi est-il revenu, s'écrie Inèsia ? sa vue a redoublé mes maux, aggravé mes peines ? —Elle a produit sur moi le même effet, dit la marquise, et je sens que je ne puis vivre dorénavant sans lui , dans l'affreuse incertitude où il me laisse !

Micheline les interrompt : Pour moi, mesdames , je ne renonce pas au projet que j'avais tout à l'heure. Il est encore de bonne heure ; je cours interroger l'homme en question, et sûrement il m'apprendra quelque chose. — Ne suis-je entourée , répond la marquise, que de gens mystérieux, à secrets, à réticences ! quel est le personnage que vous me désignez par ces mots *l'homme en question* ? Vous voyez notre trouble, nos chagrins, et vous les augmentez encore. Expliquez-vous , Micheline, je l'ordonne, ou bien je vous retire entièrement ma confiance et mon amitié ? — Ma bonne maîtresse , laissez - moi lui parler avant tout. Après , je vous dirai.... — Vous ne sortirez pas à votre tour que vous ne m'ayez nommé cet

homme *en question?* —Je ne le puis,
madame, il y va de l'honneur. —
Ah, ah, vous êtes aussi dans le secret!
je m'en doutais, je l'aurais parié. Et
Micheline se dit attachée à sa maîtresse, quand elle dissimule avec elle,
quand elle lui perce le cœur, au moment où ce triste cœur est navré de
toutes les manières ! —Quoi, madame
pense ! ... madame présume ! .... elle
se méfie de moi. Comment peut-elle
me traiter avec cette injustice! J'aime
Fidély autant que vous l'aimez, ma
chère maîtresse. J'irais au bout du
monde pour savoir ce qui le force
à se séparer ainsi de nous, et tout
mon bonheur serait de le ramener
pour toujours dans vos bras. Si je
hasarde une démarche, infructueuse
peut-être, dois-je vous exciter à la partager en vous la révélant? Vous vou-
driez m'accompagner toutes deux, et

l'homme *en question* (j'ose le répéter ce mot, quoiqu'il vous ait choquée), cet homme, dis-je, s'il sait quelque chose, n'osera pas parler devant vous. Il ne trahira pas un secret, dont, moi, qui suis sans conséquence à ses yeux, je pourrai pénétrer quelques détails, à force de l'interroger. Ce que je vous dis est vrai, comme il faut mourir un jour. Dieu m'entend, et sait que je n'altère en rien la vérité. Si cet homme veut parler, ce n'est qu'à moi seule qu'il s'ouvrira. J'en suis persuadée, et je cours le trouver à l'instant, avec la confiance que j'ai détruit, dans l'ame de ma maîtresse, tous les soupçons qu'elle m'a si cruellement manifestés.

Micheline sort, et laisse la marquise, ainsi qu'Inèsia, plus que jamais étonnées de ce qu'elle vient de leur dire. Micheline de son côté est très-

émue. Elle court à la fontaine Sainte-
Catherine, courroucée contre l'aveugle, qui paraît vouloir retenir Fidély
auprès de lui, et l'arracher des bras
de l'excellente marquise.

———

CHAPITRE X.

Tableau de la piété filiale.

« Messieurs et dames charitables, n'oubliez pas le pauvre aveugle de la fontaine Sainte-Catherine ? »

L'aveugle, à son poste, entend marcher quelqu'un et lui adresse sa prière accoutumée ; il ne sait pas que c'est Micheline, qui s'avance à grands pas vers lui.

Père Eustache, lui dit Micheline, Père Eustache, reconnaissez - vous ma voix ? — Ah, ah, dame Micheline, c'est vous ? Qui vous amène vers moi ? — Le trouble, la douleur, l'indignation. — Comment ! Voilà trois mots que je vous prierai de m'expliquer l'un après l'autre, si vous le voulez bien. Le trouble ? —

Croyez-vous que tout ce qui s'est
passé au château ne m'ait pas plongée dans la plus grande inquiétude,
dans la plus profonde douleur! —Je
comprends cela ; mais l'indignation?
est-ce contre moi ? — Contre qui
donc ! Récapitulons les faits. Mon
maître m'ordonne, à ses derniers
momens, de rappeler un jour à son
fils le serment sacré qu'il vient de lui
faire. Vous ignoriez ces particulari-
tés, n'est-il pas vrai ? — Oui, je les
ignorais. — Fort bien. Deux années
s'écoulent ; je vois Fidély prêt à donner sa main à Inèsia, demoiselle de
condition, et qui croit la naissance de
son amant égale à la sienne. Fidély
oublie son serment ; il va abuser une
famille, en y entrant sous un nom
qui ne peut être le sien. J'hésite
long-temps ; je m'en tais tant que
cela m'est possible ; mais enfin je

crois de mon devoir d'avertir le jeune marquis de remplir la promesse qu'il a faite à son père mourant, je vous l'adresse!... et vous! vous, Père Eustache, non seulement vous lui confiez un secret qui fait à jamais son malheur; mais encore vous le ravissez à sa mère adoptive, à toutes nos affections, en le retenant! Vous lui avez apparemment ordonné de ne plus vous quitter. La belle condition que vous lui imposéz là! Vous voulez donc en faire un mendiant comme vous?

L'aveugle prend la main de Micheline, l'engage à s'asseoir près de lui, et lui répond froidement: Entendons-nous, s'il vous plaît, sur les deux reproches que vous me faites, . et séparons-les afin que je puisse y répondre plus clairement. Vous trouvez d'abord que j'ai eu tort de révéler à mon fils le secret de sa naissance ? — Le plus grand tort. J'espérais, et peut-être était-ce aussi l'espoir de son père adoptif, que vous n'auriez point déchiré le bandeau qui couvrait ses yeux. A quoi cela vous mène-t-il tous les deux ? — A quoi cela nous mène ? et vous, et le marquis ? qui vous a forcés, tous les deux aussi, de l'envoyer vers moi, ce malheureux jeune homme ? n'est-ce pas par remords de conscience de la part du marquis, et, de votre côté, par délicatesse ? Le marquis et vous avez senti qu'il était indélicat de laisser entrer dans une noble famille un jeune homme né dans la classe du peuple indigent. Le fils d'un mendiant pouvait-il usurper la main et la fortune d'une demoiselle de condition ? c'est ce qui vous a fait agir, et ce qui a aussi réglé ma conduite.—Mais ce secret n'était pas à nous, nous ne pouvions ni le révéler, ni le passer tout à fait sous silence. Vous en étiez le maître, vous, Père Eustache. Vous l'eussiez gardé que la conscience du marquis et la mienne n'en eussent pas moins été quittes de tout reproche. Vous êtes le père du jeune homme ; seul, vous êtes libre de parler, ou de vous taire. Nous vous l'adressons ; nous faisons notre devoir, et votre conduite ultérieure avec votre fils ne nous regarde plus.

L'aveugle répond : Voilà une subtilité à laquelle je ne m'attendais guère, de la part sur-tout de dame Micheline. C'est-à-dire que vous vous croyez débarrassée d'un cas de conscience, parce que vous laissez à un autre le droit de dire, ou de taire la vérité ? Mais ce cas de conscience

n'en est pas moins pesant pour vous.
Que je garde mon secret, le jeune
homme épouse Inèsia, et vous n'êtes
pas moins coupable de ne pas l'en
empêcher, puisque vous savez bien,
vous, qu'il n'est pas digne de cet
honneur, qu'il trompe, sans s'en
douter, toute une famille, en se pré-
sentant à elle avec un nom et une
naissance supposés. Vous êtes plus
coupable que moi, qui ignorais l'in-
jonction faite à Fidély, par le marquis à son lit de mort. J'ai parlé, et
je vous ai rendu ainsi l'honneur et
l'innocence. Vous avez empêché le
jeune homme de commettre une faute
des plus graves, et vous avez obéi
aux ordres de votre maître. Ne me
reprochez donc plus d'avoir rompu
le silence ! j'ai hésité, il est vrai ; j'ai
voulu, un moment, déguiser la vérité, en voyant l'abîme de maux dans

lequel je plongeais mon fils infortuné ; mais je ne devais pas garder plus long - temps ce fatal secret, et le jeune homme a trop dè délicatesse pour ne m'en avoir pas su gré. Il a senti que je lui aurais fait partager notre faute à tous, si je ne l'eusse pas averti, avant son mariage, qu'il allait jouer le rôle d'un vil escroc. Il m'en a remercié, et si c'était à refaire, je le ferais encore ; je m'en rapporte là-dessus à tous les honnêtes gens. Voilà donc mon premier grief rejeté, passons au second.

Micheline réplique : Oh, pour celui-là, vous aurez bien de la peine à vous justifier. — Pas tant que vous croyez. Vous vous imaginez donc que je ravis Fidély à sa mère adoptive, que je lui ai ordonné de rester près de moi ? apprenez que c'est le jeune homme lui - même qui, malgré mes

instances, a voulu absolument lier
son sort au mien. Voici ce qui s'est
passé, le jour qu'il est venu me trouver et à la suite des explications que
je lui ai données.

» Je lui avais remis le papier signé, il y a vingt ans, par moi, lorsque je le cédai au marquis. Fidély lit
cette preuve convaincante, qui l'assure bien positivement que je suis son
père. Il soupire en me remettant l'é-
crit et me dit : Je n'en puis plus douter ; je suis votre fils, et je renonce
pour jamais à un état brillant qui
n'était pas fait pour moi. — Que dis-
tu, m'écriai-je ! —Je dis, mon père,
que je suis votre fils et que je dois
maintenant vous consacrer mon existence.—A moi, au père coupable qui
a trafiqué de son enfant, qui l'a ven-
du à prix d'argent ! Oublie-tu que je
n'ai fait que te donner le jour, qu'un
autre

autre a rempli envers toi les vérita-
bles devoirs de père , que je dois
être enfin un objet tout à la fois criminel et méprisable à tes yeux ! —
Vous , mon père ! vous seriez criminel , méprisable ! Je jugerais ainsi
l'auteur de mon existence ! Que le
ciel me punisse , si cette noire pensée
osait entrer dans mon cœur ! Vous
étiez , mon père , dans une position
des plus cruelles. Obligé de vous priver ou de la mère ou du fils , vous
donnâtes avec raison la préférence
au fils. Le fruit de votre hymen devait servir à vous réunir à votre
épouse. Vous ne fûtes donc point
coupable , mon père , en cédant à la
loi impérieuse de la nécessité. M'a-
bandonnâtes - vous pour me rendre
malheureux ? Non , vous me placiez
dans une maison riche , titrée ; vous
me donniez un second père , aussi

I.   18

tendre que bon et généreux. Vous conserviez l'espoir de me revoir, de me rencontrer un jour dans le monde; votre précaution de préciser mon prénom prouve que vous désiriez me retrouver, que vous vous sépariez de moi avec la plus grande affliction. Vous m'avez revu, mon père, et c'est pour me voir sans cesse à vos côtés, travaillant de mes mains pour vous arracher à la honte de la mendicité, et vous servant dorénavant d'appui, d'ami, de fils respectueux et de conducteur assidu ; je ne veux pas que vous en ayez d'autre que moi.

» Ces paroles me pénétrèrent jusqu'aux larmes ; je serrai mon fils dans mes bras, sur mon cœur ; mais je ne lui en observai pas moins que son projet était impraticable. Tu te dois, lui dis-je, à cette respectable marquise qui t'a élevé, qui souffrira

autant si tu la prives de son fils, que
que si tu lui ôtais la certitude où elle
est qu'elle t'a donné la naissance. —
Jamais je ne lui ôterai cette certitude
si douce pour elle. Je l'ai juré à son
époux ; je tiendrai mon serment ;
mais dois-je usurper plus long-temps
ses bienfaits ! Suis-je à ma place auprès d'elle, et ne rougirais-je point
de lui devoir tout encore, en sachant
que j'en suis indigne. Vous êtes vieux,
mon père, vous devez avoir au moins
soixante-dix ans ; vous êtes aveugle,
pauvre, souffrant ; le ciel ne vous a
rendu un fils que pour vous donner
un soutien, un guide, un consola-
teur. Dès ce jour, je vous consacre
ma vie entière; et c'est devant l'image
sainte du Sauveur du monde que j'en
fais le serment sacré. Reçois-le , ô
mon Dieu ! et punis-moi si je lui suis
parjure.

» Il s'était jeté à genoux, la main droite étendue devant le crucifix, à ce que m'a dit mon jeune Bénédy, témoin de cette scène. Il baisa trois fois avec ferveur l'image du Christ, et s'élança ensuite dans mes bras, en versant sur mon sein les douces larmes de la piété filiale. Il ajouta: Je sais peindre, mon père, assez bien pour gagner ma vie et la vôtre ; je ferai des tableaux, des portraits, ce que je pourrai, et vous ne mendierez plus votre pain.

Un pareil dévouement était bien fait pour m'attendrir. Je lui opposai encore mille objections ; il les réfuta toutes, et me rappela le serment qu'il venait de faire, en me jurant de nouveau qu'il ne s'en écarterait pas.

» Il se mit, dès le même jour, à commencer un petit tableau de genre, et moi, sur son assurance qu'il l'aurait fini dans huit jours, je le priai de me laisser continuer mon métier jusqu'à ce qu'il eût fait de l'argent avec ce tableau ; c'est pourquoi, dame Micheline, vous me voyez encore ici, ce matin, tandis que mon cher fils travaille.—Où loge-t-il, Père Eustache ? — Avec moi. — Et où demeurez-vous ? —Ecoutez donc, dois-je satisfaire votre curiosité, dame Micheline ? Puisque mon fils a résolu de ne pas me quitter, je ne suis pas fâché de le posséder, moi. Si je vous instruis du lieu qu'il habite, madame la marquise le saura ; elle se croit des droits de mère ; elle peut vouloir en user pour m'arracher mon Fidély. Je ne répondrai donc point à votre question. — Mais c'est folie à vous, Père Eustache, si vous vous flattez de garder long-temps ce jeune homme. Tant qu'on n'aura pas dissuadé la

marquise (ce qu'on ne fera jamais),
les lois qu'elle invoquera seconde-
ront ses vœux. On vous suivra, on
découvrira Fidély, et il faudra bien
qu'il rentre au château , ou que le
mystère se dévoile.— Le mystère ne
se dévoilera pas , et le jeune homme
ne rentrera pas au château. — Que
dois-je dire à ma maîtresse ; elle me
demandera ce que vous m'aurez répondu. — Elle sait donc ?... — Non
pas que c'est vous que je consulte,
mais que je suis sortie pour aller
prendre des informations auprès de
quelqu'un, que je ne lui ai pas nommé.
— Vous avez bien fait. Dites-lui que
c'est moi néanmoins , moi le Père
Eustache, que vous avez vu, espé-
rant qu'au moyen de l'art de la divination qu'on m'attribue , je pourrais
vous donner des nouvelles de son
cher fugitif. Je n'aurai rien su , rien

pu vous apprendre ; et votre démarche sera ainsi justifiée. . . . Que n'a t-elle fait suivre, ce matin, Fidély, quand il a été voir votre maîtresse ! — Il vous a dit ? .. — Il ne me cache aucune de ses démarches. Je l'avais engagé à passer plusieurs jours près de son Inèsia et de sa prétendue mère ; il n'a pas voulu ; son ouvrage le presse ; il travaille pour son père, cela lui donne un zèle !... — A propos, quel est cet étranger qui l'accompagnait ?—Un de mes amis intimes, qui prête même son logement à mon fils ; car vous sentez bien que, dans mon obscure cabane, ce jeune homme, habitué aux châteaux, aux logemens fastueux ! . . . — Père Eustache, vous n'êtes pas franc dans tout ce que vous me dites là ; mais je ne pousserai pas l'indiscrétion plus loin. Votre fils reste près de vous ;

c'est de sa pleine volonté.... Je ne
l'aurais pas cru si ingrat envers nous!
Adieu, adieu ; je vais encore aggra-
ver la douleur de nos dames, en leur
persuadant que je n'ai pu rien découvrir.

Micheline se retira, et Fidély, qui,
à deux pas de là, guettait le moment
de son départ, vint prendre le bras de
son père pour le reconduire chez lui,
à l'heure de midi, suivant son usage.
Avant de quitter la fontaine, Fidély
dit au vieillard : Mon père, si je vous
ai dévoué mes jours, tous mes momens, il m'est bien pénible de voir
que vous vous obstiniez à demander
toujours l'aumône ; cela seul, je vous
l'avoue avec peine, fait réjaillir sur
le front de votre fils un opprobre qui
navre son ame de douleur. — Je sens
que tu as raison, mon fils ; mais avec
quoi veux-tu que je vive ? — Mon
père,

père, il m'est resté quelques ressour-
ces ; ces riches habits que je portais ,
il y a trois jours , je puis les faire
vendre , en retirer de quoi.... —Tant
que tu ignorais ton sort , mon ami ,
tous ces effets étaient à toi. Aujour-
d'hui....— Ah, je n'y pensais pas....
Cependant étant toujours fils adoptif
de la marquise , il me semble que je
puis garder , comme des bienfaits....
—En me disant cela , ne sens-tu pas
au fond de ton ame une voix qui le
désavoue , comme un raisonnement
captieux, contraire à l'honneur ! —Il
est vrai, mon père. Où sont ces habits ? — Je vais te les donner , quoique j'ignore encore l'usage que tu en
veux faire ? — Vous allez le savoir.

Gérald entre dans le caveau du
réservoir, lève la pierre dont il a
seul le secret , et remet à Fidély les
vêtemens qu'il y avait cachés. Fidély

I.   19

en charge Bénédy , et lui ordonne
d'aller remettre tout cela à dame Micheline, au château d'Arloy. Le jeune
muet part pour aller exécuter cet ordre , et Fidély reconduit son père à
son asile du rocher. Fidély soupire le
long du chemin , et paraît profondément affecté. Gérald , pour essayer
de le distraire , lui raconte la conversation qu'il vient d'avoir avec Micheline. — Mais, mon père, dit Fidély, cette bonne dame ne sait donc
pas votre véritable nom , puisqu'elle
ne vous appelle continuellement que
Père Eustache?—Je t'ai déjà dit, mon
ami, que mon nom de Gérald n'était
connu que de toi et de notre ami commun , le fidèle Vernex. Je l'appris
au marquis d'Arloy quelque temps
avant sa mort ; mais je le priai de le
taire à Micheline; il a tenu sa parole.
— Mon père , vous m'avez fait con-

naître ce fidèle Vernex, dont vous me parlez ; mais vous ne m'avez pas dit quand et comment il fut votre ami ? — Nous avons servi ensemble, et nous sommes restés inséparables. — Cet homme là a donc de la fortune ? Il est très-bien logé, et paraît posséder beaucoup d'argent. — Vernex est riche. — N'est-il donc pas assez votre ami pour vous loger chez lui, pour vous aider, vous empêcher de demander aux passans de faibles aumônes, bien insuffisantes à votre âge et à votre infirmité ? — Je rougirais d'accepter les bienfaits de qui que ce fût au monde. — D'un ami ! —Oh, celui-là est un véritable ami ! — Eh bien ? — Il m'offrit hier sa table ainsi qu'à toi ; c'est tout ce que je puis recevoir de lui. Nous allons même de ce pas à son domicile; il me dira si ton tableau avance, ce qu'il en

pense. — Mon père, puisque depuis
le moment où je suis venu près de
vous, cet ami généreux m'a offert
l'hospitalité, pourquoi ne la partagez-
vous pas avec moi. J'y loge, j'y travaille, j'y suis toute la journée; comment n'en faites-vous pas autant que
moi ? S'il reçoit le fils, le père, son
ancien ami, ne peut que lui être très-
agréable. Vous quitteriez alors cet
asile du rocher, cet antre obscur, hu-
mide, où votre santé peut souffrir.
— Mon ami, un temps peut venir....
nous en causerons avec Vernex. Allons chez lui.

————————

CHAPITRE XI.

Ce que renferme la Fontaine.

MONSIEUR Vernex occupait une très-jolie maison , isolée à l'entrée d'un bois épais. Cette maison était élevée au milieu d'une vaste cour , dont les murs étaient percés de plusieurs portes, donnant, de tous les côtés, sur ce bois ténébreux, ensorte qu'on ne craignait pas là que les lois pussent y atteindre un individu , innocent ou coupable, qui s'y serait caché, attendu qu'il aurait mille facilités pour s'échapper dans le bois , soit par les portes , soit par celle d'une cave, qui conduisait au massif le plus touffu de cette espèce de forêt. M. Vernex demeurait là avec son fils, jeune homme de l'âge de Bénédy, mais qui n'avait pas sa malheureuse infirmité. Georges Vernex parlait, voyait, était vif, adroit, et sur-tout si discret, si attaché à son père, que celui-ci aurait pu lui confier les plus grands secrets. Le père et le fils n'avaient aucun domestique; c'était le jeune homme qui se mêlait de tous les détails du ménage, et qui s'en acquittait à merveilles.

Le premier jour où Fidély était venu trouver le bon aveugle qui lui avait confié le secret de sa naissance, M. Vernex s'était présenté au caveau du rocher, et avait emmené chez lui Fidély qui y demeurait depuis ce temps. C'est là qu'il s'occupait du tableau qu'il voulait vendre pour alléger le sort de son père.

Fidély avait remarqué qu'il régnait dans cette maison un air de mystère surprenant. M. Vernex lui faisait le plus touchant accueil ; mais il paraissait le surveiller, et, quoiqu'il lui eût cédé une chambre commode, tous les soirs il l'enfermait dans cette chambre, et ne lui rendait sa liberté que long-temps après le soleil levé. Fidély, bon et timide, n'avait pas osé lui demander la cause de cette singulière conduite. Du reste, il était impossible qu'il fût mieux accueilli, mieux traité, et l'ami de son père lui témoignait un intérêt vraiment touchant. On voit que cet ami sûr et fidèle avait consenti à accompagner Fidély, le matin, au château d'Arloy ; mais ce qui avait surpris notre jeune homme, c'est que M. Vernex, ordinairement propre et bien mis, avait pris, pour cette visite à Micheline, des habits pauvres, des espèces de haillons. Pourquoi donc avait-il voulu se faire passer pour un indigent ? quel était le but de ce travestissement ?.... Ce qui ajoutait encore à l'étonnement de Fidély ; c'était les égards, l'espèce de respect avec lesquels M. Vernex traitait Gérald ; il ne lui parlait jamais que chapeau bas et d'une manière plus humble que véritablement polie. Fidély en fit de nouveau la remarque au premier dîner qu'ils firent ensemble, ce jour là, tous les quatre, y compris Georges Vernex.

M. Gérald, dit M. Vernex, j'aurai à vous parler en particulier après le dîner. Je vous demanderai la permission de vous emmener dans le bois, où nous serons plus libres de causer, loin de tout importun. — Je serai à vos ordres, mon cher Vernex, lui répondit Gérald. Pendant ce temps, mon fils travaillera, et mon cher Georges ira me faire quelques commissions. — Vous savez, M. Gérald, qu'il regarde comme un honneur et un devoir d'obéir à vos moindres ordres.

La conversation de ces deux amis fut continuellement soutenue sur ce ton. Fidély ne savait qu'en penser. Ce pauvre Fidély était plongé dans la plus vive affliction. Son changement d'état, son éloignement d'une mère adoptive qu'il chérissait, et d'une amante qu'il adorait, tout pénétrait son cœur sensible de douleur et de regrets. Il s'était voué de son plein gré à la tendresse filiale ; mais l'amour combattait souvent en lui ce sentiment sacré. Il avait revu Inèsia, et il l'avait revue pour la perdre aussitôt. Est-il une situation plus critique, et faut-il une grande vertu pour se résigner à de pareils sacrifices? Les cœurs glacés, les êtres légers trouveront de l'exagération dans un semblable dévouement ; mais les amis des devoirs sociaux, des mœurs et de la nature sauront l'apprécier : ils compareront peut-être la piété filiale de notre héros avec celle de la touchante et vertueuse Antigone.

Dans l'après-midi, Gérald et Vernex sortirent ensemble dans le bois. Ils rentrèrent deux heures après. Gérald était pâle, agité ; il paraissait souffrir beaucoup d'une conversation qui, sans doute, avait été très-animée.

Puisque vous le voulez, mon ami, dit-il à Vernex, j'accepterai dorénavant un lit chez vous. J'y serai près de mon fils, et nous ne nous séparerons plus. Georges pourra faire transporter ici les pauvres effets que j'ai au caveau du rocher, et je consens à céder cette place à tout autre infortuné.

J'admire encore un autre trait de
générosité de votre part.... Fidély, tu
seras content ; ton père ne fera plus
rougir ton front. Dès demain, je ne
mendierai plus. Vernex a la bonté
de nous avancer l'argent que pourra
te rapporter ton tableau. Tu le ven-
dras toujours quand il sera fini, et tu
rembourseras de ses avances cet ami
généreux, qui consent à nous en faire
encore d'autres, jusqu'à ce que nous
soyons plus à notre aise ; car je
compte sur toi, mon fils, pour me
sustenter et adoucir les ennuis de
ma vieillesse. — Mon père, je ne travaille et n'existe plus que pour vous.
— Excellent fils ! puisse le ciel te récompenser autant que tu le mérites !

L'aveugle passa la nuit dans la
maison de Vernex, et l'on enferma,
comme à l'ordinaire, Fidély dans sa
chambre, à son grand étonnement.

Le lendemain , Gérald voulut aller
à la fontaine Sainte-Catherine. Fidély
lui rappela sa promesse de la veille.
Je tiendrai parole , mon fils , lui répondit Gérald ; mais j'ai besoin de
visiter encore ce lieu qui me rappelle
tant de souvenirs ! j'exige même que
tu m'y conduises , que tu y viennes
avec moi ; j'ai là quelque chose à te
montrer que tu ne connais pas.

Vernex dit tout bas au vieillard :
Pourquoi ajouter à sa triste situation?
que n'attendez-vous ?....

Gérald lui répond de même : Il
faut frapper ce coup pour me l'attacher davantage !

Fidély, étonné de ce qu'ils se parlent à l'oreille , n'en respecte pas
moins les ordres de son père ; il lui
offre son bras et tous deux partent.

Le vieillard est silencieux pendant
le chemin ; il répond à peine aux ques-

tions que lui fait son fils. Hélas ! ce fils frémit en pensant qu'il va revoir des lieux où naguères il jurait à son Inèsia une fidélité inviolable.

Ils arrivent à la fontaine. Le vieillard emmène Fidély dans le caveau du réservoir ; il en pousse la porte en dedans et s'y renferme à clef. Puis, tournant la lumière de sa lanterne sourde, dont il est toujours muni, il la donne à tenir à Fidély : Regarde bien, lui dit-il, comment j'ôte cette pierre au milieu de ces dalles. Je ne puis l'avoir qu'en tâtonnant ; mais j'en ai l'habitude. La voilà levée, cette pierre : je la remets telle qu'elle était, invisible à tous les regards. Ote-la toi-même, à présent.

Il s'agissait de faire tourner sur place cette pierre ronde, avec les deux mains ; quand elle était à un certain point, elle s'ouvrait à moitié, et on

l'enlevait facilement. Fidély l'ayant déplacée, son père lui dit : Que vois-tu ? — Je vois un grand trou ; celui où vous déposâtes mes habits, le jour....
— Ce trou est assez profond pour qu'un homme y descende. Visite-le, mon fils ; tu y parviendras au moyen de crans faits à la muraille, à droite. Prends la lanterne et descends.

L'aveugle reste en haut, et quand Fidély est au fond du caveau, il s'écrie : Ciel ! un cadavre couvert d'habits de femme ! — C'est celui de ta mère, Fidély ! Quand je te racontai mon histoire, je t'appris bien que Paola était morte à cette fontaine ; mais tu ne me demandas pas ce que je fis de son corps. Dans mon trouble, mon ami, craignant d'être poursuivi, arrêté, je voulus creuser ce sol pour y cacher sa triste dépouille. Après quelques efforts, la pierre de ce caveau tourna, tomba, et moi j'y descendis ma malheureuse épouse. Tu la vois ; elle repose là depuis vingt ans ! depuis vingt ans, mon ami ! Une femme qui était destinée au bonheur ! voilà où ma folle passion l'a conduite !.... Tu la regardes sans doute, Fidély ? tu considères les restes sacrés de ta mère ? Je ne vois pas ; mais j'entends tes sanglots ; ils viennent navrer mon cœur ! Oh, quelle excellente femme que ta mère ! pleure, pleure, Fidély ; elle mourut pour t'avoir donné le jour ; oh, combien tu dois la regretter ! — Mon père ! pourquoi avez-vous frappé mes yeux de cet affreux spectacle ?—J'ai eu mes raisons, mon fils. Il est possible que je ne sois pas absolument tel que je parais. Des méchans m'ont poursuivi ; ils me poursuivent encore ; ils veulent ma perte, et je dois la reculer pour ne pas leur donner sitôt cette jouissance. Si le ciel se lasse de me persécuter, il est possible qu'ils en soient punis, sévèrement punis.... il y a tout lieu de l'espérer. En attendant, je dois m'assurer de ton zèle, de ta soumission, et surtout de ta discrétion. Jure-moi donc, mon fils, sur ces précieux restes d'une mère adorée, que, quelque chose que tu voies, que tu entendes de ce qui peut me concerner, tu garderas le silence et ne m'accableras pas de questions auxquelles je ne pourrais répondre? Répète à haute voix ce serment sacré; que ta mère le reçoive, et je suis tranquille.

Fidély, ému comme on doit se l'imaginer, s'écria : Vous l'ordonnez, mon père! je vais vous donner encore cette preuve de ma tendresse pour vous. Je jure par toi, ô mère, dont

les

les douces caresses n'ont pu charmer ma faible enfance, que je respecterai les secrets de mon père, et me tiendrai dans les bornes de la soumission et de la confiance qu'un fils doit à l'auteur de ses jours... Etes-vous content, mon père? — O fils digne d'un meilleur sort, tu me ravis, tu es le modèle touchant des enfans vertueux.... Paola ! ma tendre amie ! toi qui reposes maintenant dans le sein d'un Dieu rémunérateur ! tu vois le père, le fils, prosternés devant tes précieuses reliques ! tu entends ce fils respectueux te rendre dépositaire d'un serment dont tu connais seule toute l'étendue ! O ma Paola , daigne intercéder le Tout-puissant en faveur de ton époux, de ton fils, et que leurs ennemis soient confondus !..... Remonte , mon Fidély ; reviens à moi ; fermons cet asile de la mort, et que tu ne le revoies que lorsque j'aurai fermé les yeux, pour m'y placer auprès de celle qui fut ma divinité sur la terre. Toi et moi, nous avons seuls le secret de ce caveau, et tout me porte à croire que personne n'y est entré depuis vingt ans! Oh, reviens, mon Fidély!

Fidély remonta pâle, chancelant; la pierre fut remise à sa place, et tous deux sortirent de ce lieu lugubre.

A peine étaient-ils hors du réservoir, près du bassin de la fontaine, que deux hommes, qui passaient, s'écrièrent : Le voilà !

C'était le baron de Salavas et son fidèle Le Roc, qui reconnurent soudain Fidély. C'est vous, jeune homme, dit le baron; nous avions un pressentiment que nous découvririons quelque chose ici; il ne nous a

pas trompés. Voilà plus d'un quart-
d'heure que nous sommes là à attendre l'aveugle, à regarder de tous les
côtés, impatiens de ne pas le voir
arriver. Que faisiez-vous donc tous
deux dans ce vaste souterrain où l'on
dit qu'il y a un réservoir? est-ce là la
cachette qu'a choisie monsieur le marquis d'Arloy pour se soustraire à tous
les regards? elle est digne d'un insensé comme lui. Comme il est pâle
et défait! Il paraît, mon jeune ami,
que ce vieux fou vous a tourné la
tête; mais une bonne prison remettra
la sienne; on lui apprendra à détourner de leur devoir des fils de famille,
avec sa sotte religion; car il vous a,
dit-on, conseillé de vous faire moine
(*il rit*). Ah, ah, ah.

Le baron avait débité tout cela avec
une telle volubilité que, ni Fidély,
ni Gérald n'avaient pu l'interrompre.

Le jeune homme répondit enfin :
Monsieur le baron, veuillez parler
avec plus d'égards d'un vieillard infortuné que son infirmité doit vous
rendre respectable. Ce n'est point un
vieil insensé, et les conseils que je
recevrais de lui, s'il voulait bien
m'en donner, seraient dictés par la
sagesse elle-même. Quel intérêt mettez-vous d'ailleurs à ce qui me concerne ? Ce que j'ai fait m'a été com-
mandé par l'honneur et par le devoir ; ces mots doivent vous suffire.
— Jeune homme ! mettez moins de
hauteur dans vos réponses, et res-
pectez en moi l'envoyé de votre mère.
Micheline a dit à madame la marquise qu'elle était venue consulter cet
indigent, qui n'avait pu lui donner
des éclaircissemens sur votre fuite.
Cette démarche de Micheline, qui
n'en a cependant pas dit davantage,

a fait présumer que vous aviez des relations avec le Père Eustache : je suis venu ici pour l'interroger, et, vous y rencontrant avec lui, je vois que nos soupçons étaient justes, que c'est ce misérable qui vous a détourné de chez votre mère. Il m'en dira la raison, ou les lois nous feront justice de lui et de vous. — Les lois, monsieur !...

Gérald interrompt Fidély : Laissez, lui dit-il, je vais répondre. Vous invoqueriez les lois, vous, monsieur le baron ! devinez-vous jusqu'où cela pourrait vous mener ? —Comment ? — Etes-vous assez pur pour oser vous présenter devant les ministres de la justice ? — Insolent ! cette question...—Apparemment que j'ai des motifs pour vous la faire. Scrutez votre conscience ; elle vous apprendra si vous avez le droit de

menacer des innocens. — Ce langage !... Le Roc, que dis-tu de cette
hardiesse ?

Le Roc répond : Je dis, monsieur
le baron, qu'elle me fait naître, sur
cet homme, des soupçons qui pourraient bien être fondés ; il n'est pas
ce qu'il paraît. — Qui donc es-tu,
reprend le baron ? je commence en
effet à partager les soupçons de mon
intendant. Des avis particuliers m'ap-
prennent que, sous les habits d'un
mendiant, est caché, en France, un
homme... que mon devoir me prescrit de poursuivre... serait-ce vous?—
Si cela était, vous n'espéreriez pas
sans doute que je vous en fisse l'aveu.
Votre devoir alors serait si bien d'accord avec votre méchanceté, que
vous auriez bientôt sacrifié cet infortuné. J'ignore qui il est ; mais je le
plains bien sincèrement d'être en

butte à votre haine. — C'est lui ! —
Qui, lui ? — Le Roc, c'est Gérald !

Le Roc ôte soudain son chapeau
et devient pâle et tremblant. Le pauvre aveugle réplique : — La passion
qui vous domine vous fait voir apparemment, dans chaque individu,
l'homme que vous poursuivez. Quelle
apparence que je sois celui que vous
cherchez ! Vous ne voyez en moi que
le Père Eustache, soldat infortuné
qui a perdu la vue, il y a deux ans,
dans une bataille. Je ne me cache
point, et n'ai aucun motif pour cela.
Tout le monde a pu me voir, ici,
depuis deux ans, demandant, chaque
matin, ma vie aux passans. Singulière manière de se cacher que de
s'exposer aux regards du premier
venu ! Demandez dans tous les villages environnans ; on vous prouvera
que je ne suis que trop le Père

Eustache ; tout le monde me connaît et personne ne doute du sort cruel qui, de l'indigence et du métier des armes, m'a fait m'abaisser jusqu'à la mendicité. — Si tu n'es qu'un pauvre mendiant, pourquoi me parles-tu avec tant d'impertinence ? Qui t'a dit que je fusse un méchant, que ma conscience me reprochât quelque chose ? — J'ai voyagé, monsieur, j'ai été en Italie, je vous l'ai déjà appris, et là, mille bruits répandus sur vous ?... — En voilà assez ! tu me diras comment Fidély se trouve avec toi ? — Monsieur Fidély a la bonté, depuis long-temps, de m'apporter des secours, de m'offrir des consolations. C'est un excellent cœur ! — Mais tu sais qu'il a quitté sa mère ? tu connais sans doute l'asile où il s'est caché ? — Quand je le saurais, c'est son secret ; je ne devrais pas vous le dire. — Je vous

vous répète, Père Eustache, que vous
justifiez de plus en plus mes soupçons.—Est-ce que l'homme que vous
cherchez connaît M. Fidély ? a-t-il
intérêt, cet inconnu, à le détourner
de son devoir ? — Je ne le crois pas,
et voilà ce qui me déroute. La personne, que nous sommes chargés de
faire arrêter, par-tout où nous la
trouverons, n'a aucune relation avec
la famille d'Arloy. Mais vous, Père
Eustache, quelle liaison peut-il exister entre vous et ce jeune homme?
— Celle que le malheur peut former
avec un être bon et généreux. Je suis
indigent, il est riche ; il a eu la bonté
de s'attacher à moi, voilà tout. —
Indigent ! indigent !

Le baron secoue plusieurs fois la
tête en examinant du haut en bas
le vieillard, et comme s'il se disait : hom, c'est un rôle qu'il joue ;

c'est Gérald , on n'en peut douter.

Il s'adresse ensuite à Fidély , et lui dit : J'espère, monsieur, que vous allez nous suivre et rentrer chez votre mère ?—Je n'y rentrerai jamais ! — Comment , jamais ! et qu'allez-vous faire ? — Dieu sait quelle est ma vocation. — Le voilà moine , ne l'ai-je pas dit ; mais monsieur l'intendant a défendu à tous les chefs de communautés religieuses de vous recevoir ; vous ne savez peut-être pas cela ? Il fera plus ; l'ordre est donné par lui de vous arrêter et de vous faire reconduire au château. — De quel droit ? — Du droit qu'une mère a sur son fils rebelle. Si je voulais vous arrêter moi-même, monsieur , vous seriez bien forcé de revenir au toit qui vous a vu naître.

Fidély qui avait vu , par les soupçons du baron , qu'il était l'ennemi de son père , ne garda plus de ménagemens. Il saisit un échalas , qui était enfoncé en terre près de lui, et en menaçant le baron, il s'écria : Si l'on a la témérité d'user de violence , je me défends de ce bâton. Nulle puissance humaine ne pourra m'arracher de ce lieu !

Le baron recule d'un pas , et Le Roc lui dit : Eh , monsieur, laissonslà cet enragé. Est-ce que ses affaires et celles de sa mère nous regardent ! quand il nous aura estropiés !....

Le baron lui répond : Suis-le, Le Roc, suis-le jusqu'à la retraite qu'il s'est choisie ; qu'on sache au moins où le trouver. — Ma foi, monsieur le baron , je n'ai pas envie de m'exposer à ses brutalités. Je me retire et le laisse là ; que la marquise fasse de lui ce qu'elle voudra.

Le baron s'adresse à Fidély : vous

m'avez manqué essentiellement, monsieur ; prenez garde de porter, un
jour, la peine de cette offense. On
vous découvrira ! Je vous laisse ; car
je ne suis pas disposé à vous répondre de la même manière que vous
attaquez. Adieu ; votre mère va savoir tout ce qui vient de se passer !
Suis-moi, Le Roc.

Le baron et son confident s'éloignent ; mais ils s'arrêtent de temps
en temps pour voir quelle route
prendront nos amis. Trompons - les
par une fausse marche, dit Gérald.

Et soudain il prend un sentier à
gauche, au lieu de tourner à droite,
pour aller chez Vernex. Les traîtres
remarquent de loin ce mouvement,
et retournent sur leurs pas. Le sentier qu'ont pris Gérald et Fidély les
mène à une gorge de montagnes,
dont les détours sinueux les dérobent

bientôt à tous les regards. Là ils sui-
vent d'autres sentiers à eux connus,
et arrivent par le bois touffu à la
maison de leur fidèle ami Vernex.

CHAPITRE XII.

Soupçons toujours détournés.

Le baron et Le Roc ont perdu de vue l'aveugle et le jeune homme ; ils voudraient bien revenir à la fontaine et prendre le même sentier dans lequel les fuyards ont disparu ; mais ils sont âgés tous deux et fatigués de leur course. Ils redoutent avec cela l'emportement de Fidély ; ils préfèrent retourner au château d'Arloy. En chemin, ils causent ensemble sur le Père Eustache, sur cet être singulier, qui leur a parlé d'un ton si ferme. As-tu entendu, Le Roc, dit le baron, la manière dont il m'a traité ? On ne m'ôterait pas de la tête que cet homme là me connaît plus à fond qu'il ne le dit — Et moi, monsieur le baron, on n'ôterait pas de la mienne que c'est Gérald lui-même. — Cela pourrait bien être ; relisons la dernière lettre de Léonardo ?

Il s'arrête, tire un papier de sa poche, après avoir bien regardé si personne ne passe, et lit à demi-voix :

« *Mon cher baron de Salavas, je vous transmets à la hâte une découverte que je viens de faire. Notre ennemi est en France , déguisé sous les haillons d'un mendiant. Vous n'ignorez pas que vous pourrez le reconnaître à une cicatrice qu'il a à la main droite, et qui lui vient d'un coup de sabre qu'il reçut le jour où il commit le plus affreux des crimes....* »

Le baron s'interrompt : J'ai, dit-il, oublié tout net cette particularité. J'étais à même tout à l'heure d'exami

ner la main du mendiant que nous
quittons. L'as-tu vue, Le Roc? — Je
n'y ai pas fait plus d'attention que
vous. — C'est une chose dont il faut
bien se souvenir pour une autre fois.
Poursuivons :

« *On a intercepté une lettre de
Vernex, écrite ici à un de ses affi-
dés. Il dit bien que Gérald est de-
guisé en France; mais il ne désigne
pas la province de ce vaste Empire,
où il fait ce vil métier. Tâchez de
le découvrir , baron, et.... vous savez les instructions que je vous ai
données à ce sujet. Suivez-les à la
lettre ; un homme aussi coupable
que lui ne mérite aucune pitié.
Voyagez , s'il le faut , pour le dévoiler ; je vous envoie un bon de
cent louis sur mon banquier. Ne
ménagez point ma bourse, et servez
ma vengeance.*

Le baron serre précieusement sa lettre, et dit : Voilà ce que m'écrit Léonardo. Certes, je me dispose à obéir à ses ordres ; mais il serait bien singulier que, sans voyager, sans sortir de cette contrée, le sort nous y eût amené notre victime. Ce vieillard qui a été en Italie, dit-il, qui a connu Léonardo ; qui, en deux fois que je lui ai parlé, m'a fait sentir qu'il connaissait mes actions, peut-être celle relative à la comtesse Sygemonde d'Arloy!... c'est qu'il m'a réellement intimidé!... Si c'était Gérald!.. Mais il n'est pas si âgé que ce Père Eustache ! — Bon, bon, quand on se déguise, on se vieillit, on prend tous les moyens de se rendre méconnaissable ; mais ce qu'on ne peut changer, c'est la voix, et je suis bien sûr que la sienne m'est connue. Voilà deux fois que je cause avec lui, deux fois, ce

son de voix, qui m'est même très-fa-
milier, m'a frappé. J'ai bien souvent
rencontré cet aveugle à la fontaine ;
il a répété devant moi sa phrase ban-
nale : *Messieurs et dames charitables,* etc. Mais, quand on demande
l'aumône, on prend un ton piteux,
qui dénature l'organe. Ce matin, il
parlait avec chaleur, et, je vous le
répète, j'ai cru reconnaître la voix
de Gérald.

Le baron s'écrie : C'est singulier,
cette voix ne m'est pas non plus
étrangère. Comment faire à présent?
nous l'avons laissé échapper.... — Il
revient tous les jours à la fontaine.
Demain, un autre matin, il faut l'interroger de nouveau, et sur -tout
examiner sa main. Si c'est lui, il est
perdu. — Ah, si c'est lui, il est perdu ? peut-être ! Tu sais quelle foule
de considérations j'ai à observer !...

Léonardo est faible ! Je puis être puni à mon tour par la suite. . . . Il vaudrait mieux faire avec Gérald comme nous avons toujours fait. . . . les trahir tous les deux pour nos intérêts, et nous en faire un mérite après, si l'événement devenait favorable à Gérald. Ce serait un coup de maître, pour lequel je n'aurais rien à risquer. Demain, pas plus tard que demain ; je reviendrai seul à la fontaine ; j'y verrai mon homme, qui s'expliquera sans doute mieux avec moi que devant deux personnes.

En causant ainsi, le baron et Le Roc rentrèrent au château, où ils trouvèrent la marquise et son Inèsia inquiettes du succès de leur mission. —Eh bien, dit la marquise, avez-vous vu l'aveugle ? — Et mieux que cela, madame, votre fils ! votre fils lui-même qui était avec lui. — Avec lui ?

où donc ? — A la fontaine. — Mon fils
à la fontaine Sainte-Catherine ! avec
ce mendiant ! Quel rapport peuvent-
ils avoir ensemble ? — Voilà ce que
j'ignore, et ce qu'ils m'ont célé, malgré mes vives instances. — Micheline
avait donc raison de présumer que
ce vieillard connaissait la retraite de
mon fils, et si Micheline l'a présumé, c'est qu'elle sait pourquoi ils se
voient ; c'est que cette femme est
fausse, perfide et nous trompe tous.
Vous n'avez rien su de Fidély ? —
Rien. Il ne m'a rien répondu de clair,
de positif ; il a même osé me menacer d'un énorme bâton, et lui, ainsi
que son vieux acolyte, se sont sauvés
ensuite par des sentiers qui les ont
dérobés à nos yeux. Nous n'avons pu
les suivre, et nous ignorons quel lieu
ils habitent tous les deux. — Appe-
lons Micheline.

La marquise sonne, et Micheline paraît. Vous avez donc, lui dit sa maîtresse, joué jusqu'à présent l'attachement, le zèle et la fidélité?—Moi, madame! en quoi mérité-je ce reproche? — Vous nous avez trompés tous. Vous prétendez que l'aveugle de la fontaine ignore ce qu'est devenu mon fils, *si mon fils même m'a quittée,* ce sont vos expressions, et M. le baron vient de voir Fidély avec cet homme!—Monsieur a vu?...—Fidély et l'aveugle, qui paraissent fort liés. — Je vous assure, madame, qu'il m'a dit... — J'admets qu'il vous ait fait ce mensonge; mais vous, Micheline, par quelle raison avez-vous été voir cet indigent? comment avez-vous soupçonné qu'il pourrait vous donner des renseignemens? pourquoi enfin vous êtes-vous adressée à lui plutôt qu'à tout autre particulier? —

Pourquoi, madame ?.... — Oui. Vous saviez donc qu'il connaissait Fidély ? Quel motif peut avoir une pareille liaison ? Il y a très-certainement quelque chose là dessous, et vous dissimulez avec nous la vérité que vous connaissez fort bien.

La pauvre Micheline est poussée avec sévérité cette fois ; elle répond cependant d'un air d'assurance : Madame se souviendra que, quelque temps avant le prétendu mariage de Fidély, j'en parlai par hasard à l'aveugle, en lui faisant l'aumône à la fontaine. Il me dit d'un ton prophétique : *S'il se marie avant l'âge de vingt-cinq ans, il sera malheureux,* ou quelque chose à peu près dans ce sens là. Cela me tourna la tête, et j'en fus triste jusqu'au matin même du jour fixé pour l'hymen. Cependant, la veille de cet hymen, quoique persua-

dée que l'aveugle n'avait dit cela que
pour se donner le talent de lire dans
l'avenir, je retournai le voir, et le
priai de s'expliquer plus clairement.
Il me tint toujours le même discours;
mais il ajouta qu'il verrait le jeune
homme, et qu'il lui dirait des choses
qui l'empêcheraient bien de former
ces liens. C'est d'après cela qu'hier
j'ai présumé que l'aveugle avait pu
entretenir Fidély et lui confier quelque grand secret. A présent, quelles
sont ces choses qu'il voulait lui dire?
je ne puis les deviner ; mais il était
naturel que je crusse l'aveugle dans la
confidence de Fidély, et que je cou-
russe m'en informer à lui. — Pourquoi m'avez-vous caché cette particularité, cette seconde visite que vous
avez faite à l'aveugle, la veille du
jour fatal où Fidély a fui loin de nous?
—Eh! ma bonne maîtresse, vous étiez

déjà assez troublée, sans que j'aug-
mentasse vos inquiétudes par de nouvelles ambiguités. Mais mettez-vous
à ma place ; n'auriez-vous pas pensé,
comme moi, que le Père Eustache
était le seul homme au monde qui pût
nous donner des nouvelles d'un jeune
homme auquel il avait dû parler,
confier des secrets ; et ne devait-on
pas présumer que ces secrets avaient
causé sa fuite, nécessité ou provoqué
le parti bizarre qu'il a pris ; ne l'auriez-vous pas cru comme moi ? —Cela
est vrai. — L'aveugle, hier, m'a tout
caché, ce n'est pas ma faute. Vous
avez exigé que je vous nommasse
l'homme que j'avais été visiter ; je l'ai
fait ; je vous ai nommé le Père Eustache, et je vous ai dit en même temps
qu'il m'avait juré ne rien savoir du
tout sur le compte de Fidély. Qu'avez-
vous à présent à me reprocher ?—Cet
éclaircissement

éclaircissement ne me laisse plus aucun doute sur ta franchise, Micheline, et si tu m'avais dit tout cela
plutôt, tu ne te serais pas exposée à
des soupçons qui ne peuvent plus
exister maintenant. Ah ! ce vieillard
avait des secrets à confier à mon fils !
De quelle nature sont-ils ? Ce sont
des rêves que cet extravagant aura
imaginés.... Il n'importe ; je veux le
savoir. Demain matin, Inèsia, moi et
Micheline, nous irons à la fontaine,
où cet homme demande l'aumône
jusqu'à midi, dit-on, et nous l'interrogerons. Il faudra bien qu'il nous
dise où est mon fils, ce qu'il lui a révélé de si important, ou bien je le
fais mettre en prison pour sa vie.

Ce projet dérangeait celui du baron,
qui voulait voir l'aveugle pour un tout
autre motif ; mais il remit au surlendemain la visite qu'il voulait lui faire.

I   22

On se rappelle que l'aveugle avait
promis à son fils de ne plus mendier
à la fontaine ; qu'ils n'y étaient allés
tous deux, ce matin, que parce que
Gérald voulait exiger du jeune
homme un serment prononcé sur les
restes précieux de sa malheureuse
mère. Ainsi donc la marquise, Inèsia et Micheline allèrent infructueu-
sement le lendemain à la fontaine,
où elles attendirent en vain l'aveugle
touté la matinée. Le jour d'après, le
baron de Salavas s'y rendit aussi et
ne fut pas plus heureux à rencontrer
le Père Eustache. Ces quatre personnes firent successivement la même
course pendant plusieurs jours de
suite et désespérèrent à la fin d'y
trouver le pauvre aveugle. Qu'était-il
devenu ? Avait-il quitté le pays ? Tout
portait à le croire ; car les villageois
des environs assuraient ne l'avoir pas

vu depuis deux semaines, et aucun
d'eux ne connaissait l'asile qu'il habi-
tait. Une bonne femme, interrogée
par le baron, ajouta à ses réponses
ces mots : Cependant, monseigneur,
il est présumable que le saint homme
est encore dans cette contrée ; car les
bienfaits anonymes n'ont pas cessé d'y
être distribués, comme cela arrive
chaque fois que l'homme de Dieu est
en voyage. Alors les pauvres ne re-
çoivent plus aucun secours.—On m'a
déjà dit cela. Croyez-vous donc tous
que c'est lui qui répand secrètement
ces bienfaits ? — Non pas, oh ! non,
mon bon seigneur ; on sait qu'il est
trop pauvre par lui-même pour faire
des aumônes, puisqu'il en demande
aux autres ; mais, quand il est ici, sa
présence y fait tomber la bénédiction
du Seigneur ; il faut que le bon Dieu
touche plus alors les ames pieuses que

dans tout autre moment, puisqu'elles nous accablent de secours sans se faire connaître ! Soyez bien sûr que ce saint personnage attire autour de lui, partout où il est, la bénédiction du ciel.

Le baron regarda ces détails comme du radotage. En rapprochant l'histoire de ces bienfaits anonymes avec quelques circonstances à lui connues, cela le confirma dans les soupçons qu'il avait déjà que l'aveugle n'était autre que ce Gérald qu'on avait un si grand intérêt à retrouver. Il résolut en conséquence de faire tout ce qu'il pourrait pour le découvrir encore une fois et le forcer à se dévoiler.

CHAPITRE XIII.

Où l'intérêt est un moment sus-
pendu.

Avant de rentrer à la maison du fidèle Vernex, Fidély, tout ému d'avoir vu les restes sacrés de sa mère, ainsi que de la scène qui s'était passée ensuite, à la fontaine, avec le baron de Salavas, dit au pauvre aveugle : Il me semble, mon père, que le méchant baron, qui rendait Inèsia si malheureuse, est votre ennemi ; qu'il vous cherche ; qu'il a même des ordres pour vous faire arrêter ?

Silence de la part de l'aveugle.

Fidély continue : C'est vous, oh, c'est bien vous qu'il brûle de trouver. On l'a même prévenu que vous étiez

caché en France sous le déguisement
d'un indigent. Serait-ce en effet un
déguisement que cette robe grossière
qui vous enveloppe? mon père serait-
il tout autre qu'il ne le paraît à mes
yeux ?

L'aveugle se tait encore.

Votre nom, poursuit Fidély ; votre
nom, prononcé par le baron, a fait
une impression étonnante sur son
intendant. M. Le Roc a ôté son chapeau avec respect. Il a rougi, pâli ; il
a paru à l'instant tout à fait déconte-
nancé. Ce Le Roc vous connaît donc
aussi ?

L'aveugle s'obstine toujours à se
taire. Oh, répondez, mon père, continue Fidély, daignez répondre à des
questions qui doivent vous paraître
bien naturelles de la part d'un fils
tendre et dévoué ? — Mon fils, répond enfin Gérald, oublie-tu sitôt

ton serment? — Mon... serment? — Oui; ne viens-tu pas de jurer sur les restes de ta mère que, quelque chose que tu visses ou entendisses, tu ne te permettrais pas de m'interroger, de m'adresser la plus légère demande indiscrète? — Il est vrai.... — Commence donc, dès ce moment, à tenir ta parole. Si je n'avais pas mis une grande importance à un pareil serment, je ne l'aurais pas exigé de toi. J'ai des raisons pour ne pas m'expliquer. Un moment viendra, je l'espère, où tu sauras tout.... N'oublie pas non plus que notre fidèle Vernex n'est point connu sous ce nom dans cette contrée; il n'y porte que celui d'Ambrosio. Ne prononce jamais le premier devant qui que ce soit? Il ne faut pas que son asile soit découvert, ni qu'on nous rencontre chez lui... Je te l'ai déjà dit, mon fils! je n'ai point·

changé le sort brillant dont tu jouissais pour te donner seulement un père infirme et misérable; il a fallu encore que j'unisse ta destinée à celle d'un homme coupable, proscrit, poursuivi par les lois divines et humaines, que réclament la honte et la captivité.... Tu frémis! voilà pourtant les bienfaits que je t'apporte, et tu peux rester avec moi! — Mon père, lorsque vous me dîtes, pour la première fois, ces mots terribles, ils m'effrayèrent. J'osai vous communiquer des doutes; vous les levâtes en me racontant votre histoire; mais, quant aux secrets que vous me citâtes, que vous me cachez encore, puis-je vous demander, tout en respectant mon serment, si vous fûtes innocent? trop souvent on persécute l'innocence! — Non, je fus coupable, te dis-je. Est-ce positif? peux-tu en

douter,

douter, quand je m'accuse moi-même ?
Je t'ai déjà donné cette cruelle certitude ; mais j'ai ajouté et je répéterai
toujours que l'amour seul me rendit
criminel. Ce fut pour obtenir la main
de ta mère que j'osai... Dieu ! je ne
puis en faire l'aveu ! Quoique je n'aie
suivi, dans cette aventure comme
dans toutes celles qui ont traversé
ma vie, que les lois de l'honneur,
de la bravoure, je fus coupable néanmoins. Tu le sais, ô mon Dieu ! et tu
sais aussi si je me suis résigné à la
dure pénitence que tu m'as imposée !
— Vous n'avez pas dérogé aux lois
de l'honneur, mon père ? Ainsi vous
vous accusez à tort, et vous me rendez toute ma sécurité. Je vous estime
et vous respecte toujours, persuadé
que vous vous êtes exagéré une simple faute qu'on doit sans doute n'attribuer qu'à l'amour et au malheur !...

Je vais donc me taire dès ce moment, et ne plus vous importuner par des questions que m'interdit dorénavant mon serment. Je laisserai à votre prudence le soin de veiller à votre sûreté, et, soumis à vos moindres ordres, fidèle à vous suivre partout, je deviendrai, moi, votre plus ferme appui et votre plus zélé défenseur.— Fils parfait, excellent cœur, j'accepte les offres que tu me fais, et peut-être, à nous deux, adoucirons-nous la sévérité du sort qui, il faut en convenir, m'accable de plus en plus.

Gérald et son fils confondirent leurs embrassemens, et l'aveugle ajouta : Laisse-moi raconter en secret à Vernex les détails de la conversation que nous avons eue, ce matin, avec ce méchant de Salavas.

Gérald et Vernex s'enfermèrent en effet, et Fidély, tout en réfléchissant à ce qu'il venait d'entendre, se remit à travailler à son tableau.

Le sujet de ce tableau, qui fut fini au bout de quelques jours, lui avait été dicté par la piété filiale. Il retraçait son père lui-même, intercédant la pitié des passans à la fontaine Ste-Catherine. Cette fontaine y était dépeinte telle qu'elle était, ainsi que les sites pittoresques qui lui servaient de fabriques. Le pauvre aveugle était là, avec son chien, son petit conducteur ; un jeune enfant, conduit par sa mère, femme d'une mise riche et d'une figure respectable, jetait dans la tasse de Bénédy une certaine quantité de pièces d'or. Fidély avait nommé ce tableau *la Leçon de Bienfaisance.* Tout cela était fort bien peint, et valait au moins vingt-cinq louis pour un connaisseur. Fidély s'applaudissait de son travail, en songeant que

cette somme allait être utile à son
père, et donner le temps de faire un
autre tableau pour la même destina-
tion. Il voulait le porter lui-même à
la ville ; mais Gérald lui objecta que
cela serait imprudent, qu'il risquait
d'y être découvert. Il préfera char-
ger Vernex de ce soin, et celui-ci
sortit, emportant le tableau.

Quand il fut parti, le père et le
fils s'entretinrent sur divers sujets, et
Gérald fut le premier à mettre le
baron de Salavas sur le tapis. Tu ne
connais pas, Fidély, dit-il, toute la
scélératesse de ce monstre. Un seul
trait te le fera juger. Si je dois me
taire encore avec toi sur quelques
événemens de ma vie, je ne me suis
pas prescrit le silence sur ceux qui
regardent les autres. Ce que je vais
te raconter n'est su maintenant que
de moi. Le baron et son Le Roc se

sont bien gardés d'en ouvrir la bouche à qui que ce fût. Tu verras, par la confidence que je vais te faire, que j'avais plus d'un motif puissant pour t'empêcher de t'unir à ta chère Inèsia, et tu conviendras toi-même que cela va devenir plus que jamais impossible. Je te le répète, ton père adoptif n'a jamais su ce secret ; la marquise, Micheline, Inèsia elle-même, tout le monde l'ignore : ainsi il est encore dans la classe de ceux que tu dois garder toute ta vie. — Mon père, je vous écoute. — Prête-moi toute ton attention.

HISTOIRE DE LA BELLE SYGEMONDE.

« Le comte Sygemond de Konisberg était un des plus riches et des plus braves seigneurs de l'Allemagne. Après avoir servi son prince et l'état avec la valeur la plus distinguée, il jouissait d'une retraite brillante, honorable, qui assurait à jamais le repos de sa vieillesse. Il était resté long-temps garçon ; mais enfin un mariage de raison l'avait rendu père de la plus belle fille qu'on pût voir au monde. La belle Sygemonde, c'est ainsi que tout le monde l'appelait, réunissait, à dix-huit ans, les graces, les attraits les plus séduisans, à toutes les qualités du cœur et de l'esprit. Elle charmait aussi par ses talens, ensorte que les jeunes seigneurs les plus distingués lui faisaient une cour assidue, chacun dans l'espoir d'obtenir en mariage une femme aussi accomplie et un si riche parti. Le comte, devenu veuf, était glorieux de sa fille qu'il adorait ; il ne voyait personne digne de sa main, et sa vanité le portait à désirer qu'elle devînt l'épouse du fils d'un souverain. Hélas ! le cœur de Sygemonde en avait tout autrement décidé !

» Depuis quelque temps, le comte avait pris chez lui un jeune gentilhomme sans fortune, dont le père avait été son meilleur ami. A l'heure de la mort de cet ami infortuné, le comte lui avait promis de servir de père à son fils, et il avait tenu sa parole. Le jeune homme était donc chez lui, et lui servait de secrétaire, le comte ayant désiré qu'il eût une occupation utile. Ce secrétaire était un Français, jeune, bien fait, d'une heureuse figure, mais d'un caractère aussi affreux que les formes de sa personne étaient séduisantes. Ce beau secrétaire, tu vas le connaître, Fidély, c'est ce même baron de Salavas que tu vois vieux aujourd'hui, courbé plus qu'on ne doit l'être à l'âge de soixante ans qu'il a maintenant ; il ne

paraît pas même sur sa figure qu'elle
ait pu être bien ; elle l'était pourtant
alors , et si bien , que la belle Sygemonde devint amoureuse de lui.
Elle combattit long-temps cette passion , sentant que la différence des
rangs, des fortunes, empêcherait son
père de le lui donner pour époux ;
mais elle ne put résister aux séduc-
tions du perfide , et son cœur fut sérieusement touché.

» Salavas , de son côté , n'aimait
que lui-même. Il était incapable de
connaître l'amour , et les attraits les
plus séducteurs ne faisaient sur lui
aucune impression. Dès qu'il s'aperçut des tendres sentimens qu'il ins-
pirait à la jeune personne , son am-
bition lui tint lieu de passion. Il
songea à profiter de cette bonne fortune , et à employer toutes les ruses
pour devenir l'époux de cette riche

héritière. Il n'avait que deux ans de
plus qu'elle ; mais son odieux caractère était déjà formé, et l'on ne conçoit pas qu'un jeune homme de vingt
ans, non seulement fût inaccessible
à l'amour, mais pût former encore le
projet infernal que celui-ci exécuta.

» D'abord il minauda, soupira,
joua le rôle d'un homme épris et
persuada ainsi à la belle Sygemonde
qu'elle en était adorée. Ils en vinrent
enfin à se faire un aveu mutuel de
leur flamme ; mais Sygemonde, sage
et vertueuse, ne flatta son amant
d'aucun espoir. Tout ce qu'elle put
lui promettre fut qu'elle ne serait à
personne, que jamais elle n'allume-
rait les flambeaux de l'hymen, et
qu'elle lui garderait, jusqu'à la mort,
son cœur et son amour.

» Ce n'était pas là le compte de Salavas. Parmi les domestiques de l'hô-

tel était un jeune Français qu'on appelait Le Roc, et qu'on avait attaché
au service du baron de Salavas. Le
baron avait bien vite remarqué que
le caractère de Le Roc était absolument le sien. Faux, méchant, dissi-
mulé, capable de tout pour de l'or,
tel était Le Roc. Ce fripon avait jugé
son maître de son côté, et il avait su
obtenir sa confiance au point que le
jeune baron lui apprit sa liaison se-
crète avec la belle Sygemonde, et
les difficultés qui s'opposaient à ce
qu'elle fût son épouse. Si cela pouvait être, ajouta-t-il, que ton sort deviendrait brillant ! Je serais riche,
puissant, et je te ferais mon homme
de confiance, mon secrétaire, mon
ami, tout auprès de moi. Cherche
donc quelque moyen, et pense à ta
fortune en travaillant à la mienne.

» Le Roc, qui vit un accroissement

de bien pour lui, se hâta de répondre : J'y songerai ; j'en trouverai un, soyez sûr que j'en trouverai un.

» La foule des prétendans à la main de la belle Sygemonde devenait plus nombreuse de jour en jour. L'hôtel ne désemplissait point de visites, et, parmi tous ces jeunes seigneurs, le comte Sygemond avait distingué le fils d'un duc qui possédait une terre superbe en Bohême, à côté d'une des siennes. Ce jeune homme, nommé Théobald, était un cavalier accompli. Le comte, bien sûr qu'il plairait à sa fille, et avant de la consulter, lui donna la préférence sur tous ses rivaux. Théobald, au comble de l'enchantement, ne quitta plus l'hôtel, et le comte Sygemond ordonna à sa fille de le regarder comme l'époux qu'il lui destinait. La belle Sygemonde s'attendait bien à ce que son père

fît incessamment un choix pour elle.
Celui-ci ne l'étonna pas; il était selon
toutes les convenances ; mais il re-
doubla sa douleur, et le baron de Salavas lui montant la tête, elle lui pro-
mit qu'elle refuserait Théobald, ainsi
que tout autre concurrent.

» Le comte se trouva obligé d'aller
passer quelques mois à sa terre de
Bohême, pour y faire abattre un vieux
château et reconstruire à sa place un
autre plus moderne. Il annonça cette
nouvelle à sa fille, en ajoutant : *Je
ne vous emmène pas, Sygemonde,
attendu que tous ces embarras ne
vous amuseraient guère. Je vous laisse
ici ; et quoique vous n'ayez plus de
mère, quoique vous restiez la seule
maîtresse dans l'hôtel , je connais
assez la fermeté de votre caractère ,
vos mœurs, vos principes, pour vous
confier à vous - même. Seulement,*

vous ne recevrez plus que vos parens,
votre bonne tante, si elle vient vous
visiter. Je pars demain ; ce soir il y
aura cercle ici, ce sera le dernier ; je
préviendrai tout le monde que je sus-
pends mes réceptions jusqu'à mon retour ; et, pour ôter tout espoir à ceux
qui n'y viennent que pour aspirer à
votre main, je leur signifierai à tous,
ce même soir, que j'ai choisi Théobald pour mon gendre. Ainsi, plus
de prétendans ; je n'en veux plus voir.
J'emmène aussi Théobald demain ;
le duc son père est malade ; ce jeune
homme a des soins et des devoirs à
remplir près de lui.... Vous ne me
répondez point ? C'est que vous ac-
ceptez Théobald, sans doute ? Je m'y
attendais. Adieu, ma fille ; à mon retour, à celui de Théobald, je veux
qu'il devienne votre époux ; enten-
dez-vous que je le veux.

» Ce père, absolu et vain, croyait que sa fille consentait à cet hymen. Elle se contenta de l'embrasser et de garder un silence respectueux.

» Le soir, il vint un monde considérable. Le comte fit ses adieux, et annonça que la main de sa fille était destinée à l'heureux Théobald.

» Tandis que les seigneurs rassemblés approuvaient ce choix, les uns de bonne foi, les autres malgré eux, Le Roc vint dire à son maître que quelqu'un le demandait. Le jeune Salavas le suivit. Le Roc le conduisit avec mystère dans un sombre bosquet du jardin, et là, il lui dit : Personne ne vous demande, monsieur ; c'est un prétexte que j'ai pris. Félicitez-moi ; cette nuit vous allez être le plus heureux des hommes. — Cette nuit ? — Le comte a choisi un mari pour sa fille ; mais nous allons lui en donner un autre. — Comment ? — J'ai tout arrangé pour que vous puissiez passer la nuit avec elle.—Ciel!... quoi, Le Roc ? — Auriez-vous des scrupules ? Ils seraient nouveaux ! Est-ce qu'on ne doit pas prendre tous les moyens pour faire sa fortune ? — Il est vrai.... Voyons donc comment tu as arrangé cela ?—A merveille !

» Il se frotte les mains comme un homme qui est bien content de lui, et continue : Prenez cette clef que j'ai fait faire : elle ouvre la porte de la chambre à coucher de mademoiselle. Vous y entrerez, vous la surprendrez. Si elle veut crier, résister, vous tousserez trois fois. A ce signe, moi qui serai aux aguets sur l'escalier, je brûle des étoupes, je crie au feu, et vous devinez le reste. — Je t'entends, adroit coquin. Mais la femme de chambre qui couche dans la

pièce à côté de celle de sa maîtresse ?
— J'aurai soin, ce soir à souper, de
lui faire prendre un narcotique qui
la tiendra endormie, au point de ne
pas entendre à ses oreilles un boulet
de canon. — Ce projet est hardi. —
Il réussira. — Mais pourquoi choisir
cette nuit plutôt qu'une autre ? L'absence du comte va nous rendre
plus libres que jamais de..... — Au
contraire, c'est le coup de maître ;
tandis que le père est encore ici ; vous
ne comprenez pas ? — Au contraire,
c'est que je pense aux dangers d'une
pareille entreprise. — Ah ! si vous
n'avez pas le courage de tenter ce qu'il
y a de grand, d'extraordinaire, de
périlleux même, vous n'irez jamais
à la fortune. Vous verrez, vous verrez la suite de tout ceci, si vous vous
laissez conduire par mes conseils. —
Allons, je m'abandonne à toi, je sui-
vrai

vrai celui-ci, et, comme tu dis fort
bien, nous verrons.

» Ces deux misérables causèrent
encore ensemble pour bien prendre
leurs mesures, et le baron de Salavas
remonta au salon , où il trouva le
moyen de serrer la main de la belle
Sygemonde, de la rappeler à toute sa
tendresse pour lui.

» La société du cercle se retire; chacun rentre dans son appartement. La
belle Sygemonde , après avoir sou-
haité à son père, qu'elle embrasse, un
bon voyage(car il doit partir de grand
matin) , remonte chez elle avec sa
femme de chambre qui tombe d'envie de dormir; toutes deux se mettent au lit..... Mais à peine Sygemonde est-elle dans son premier
somme, qu'elle est réveillée par un
homme, qui se place sans façon à côté
d'elle. Elle veut crier : Tais-toi, ma

1.   24

douce amie, lui dit le baron ; je suis
ton amant, et je te conjure de pardonner à l'amour un excès d'audace
que la raison n'a pu réprimer. —
Homme vil, retirez-vous, ou j'appelle à mon secours.—N'appelez pas,
Sygemonde ! vous vous perdez, et
moi avec vous. — Ciel ! où suis-je !
que faire ? Oh ! mon père, si vous saviez !....—Si vous faites un éclat, vous
apprenez tout à ce père irrité. Je ne
puis me justifier qu'en lui avouant
notre mutuel amour. Il vous enfer-
mera, me punira, et vous en serez la
cause. — Encore une fois, sortez !
sortez, vous dis-je !

» La belle Sygemonde a prononcé
ces mots à haute voix. Salavas lui répond : Puisque l'amour m'a rendu
criminel, je saurai l'être entièrement.
Apprenez que j'ai aposté à votre porte
un homme à moi affidé, qui, aux pre-

miers cris que vous pousserez, ouvrira cette porte, introduira ici votre
père qu'il aura réveillé, et le rendra
témoin de la situation dans laquelle
nous nous trouvons tous deux. Je
brave tout pour vous posséder ; ayez
le même courage, si vous ne voulez
être déshonorée à jamais! —Scélérat!
quoi, je ne pourrais me plaindre d'une
action si basse sans être suspecte aux
yeux de mon père ! et vous avez osé
aposter un témoin !...—Qui nous per-
dra ensemble; car votre père ne vous
croira pas ! — Dans quel abîme de
maux !,...

» La belle Sygemonde perd connaissance, et ne se réveille que pour
se voir contrainte à pardonner une
faute... qu'elle partage !... Elle gémit,
elle verse des torrens de larmes; mais
il n'est plus temps, et c'est en vain
que son séducteur cherche à la con-

soler en l'accablant des témoignages
de la plus vive tendresse.

» Ce monstre la quitte avant le jour,
et elle ne le revoit plus que pour
rougir et baisser les yeux devant lui.
Le comte est parti. Elle n'ose congé-
dier le misérable qui l'a rendue coupable ; elle n'en a pas le droit, d'ailleurs ; et, pour décider son père à
le renvoyer, il faudrait qu'elle lui
avouât ce qu'elle a tant d'intérêt à
cacher. Elle souffre donc sa présence,
ou plutôt elle ne peut cesser d'aimer
celui qui a, selon elle, risqué sa liberté, sa vie peut-être pour lui donner une preuve d'amour si forte et en
même temps si criminelle.

» Mais que devient-elle quand, au
bout de quelques mois, elle s'aperçoit qu'elle porte en son sein une
preuve de cette indigne trahison!
Elle frémit ; elle apprend ce malheur,

au baron; elle le menace, elle lui fait les plus vifs reproches. Elle ne sait pas combien est grande la joie de ce misérable qui est au comble de ses vœux; car il connaît la tendresse que le comte a pour sa fille; il pense bien qu'il s'emportera; mais il finira par pardonner, et le plus vil des séducteurs deviendra l'époux de la plus belle et de la plus riche des femmes. O ma douce amie! répond-t-il à son amante éplorée, ne t'effraie pas d'un événement qui doit faire notre bonheur! Tu sais que ta bonne vieille tante, madame de Saint-Cry, qui est peu fortunée, a le malheur encore d'être privée de la vue. Comme elle ne peut rien voir de ce qui se passe autour d'elle, nous gagnerons sa femme de chambre à prix d'argent, et c'est chez elle que tu deviendras mère, sous prétexte d'aller passer quelques jours auprès d'elle, et d'y tomber malade. Tu as encore cinq mois à attendre ; fais accroire aux gens de l'hôtel que ce séjour, où tu ne vois plus ton père, t'ennuie ; que tu préfères aller l'attendre à la campagne de ta tante, qui est aux portes de Vienne, et quitte-nous le plutôt possible, pour éviter les regards scrutateurs et les remarques des domestiques. Je resterai ici pour tout surveiller ; mais je m'échapperai de temps en temps pour aller te visiter.

» La belle Sygemonde sentit que, dans l'état où elle était, il n'y avait que ce parti à prendre. Elle annonça donc qu'elle allait chez sa tante, et partit seule, laissant même à l'hôtel sa femme de chambre, qui ne se doutait de rien, tant le narcotique que lui avait donné Le Roc avait opéré.

» Madame de Saint - Cry la reçut à

bras ouverts, quoiqu'elle ne pût pas
admirer la beauté de ses traits, ni remarquer la teinte de mélancolie qui
les décolorait. La belle Sygemonde
eut bientôt mis dans ses intérêts la
vénale femme de chambre de cette
vieille dame, et elle resta là tranquille, y recevant de temps en temps
en secret le cher perfide qui l'avait
perdue. Elle ne redoutait que l'arrivée du comte ; mais il avait écrit qu'il
ne reviendrait guère avant l'hiver
prochain, et l'on était au mois de
mars. Sa fille espérait donc avoir le
temps de lui cacher une faute que Salavas, de son côté, brûlait de voir
éclater aux yeux d'un père, irrité d'a-
bord, et forcé ensuite d'unir les deux
coupables.

» Au terme fatal, Sygemonde fei-
gnit d'être malade et se mit au lit.
Sa bonne tante voulut ne pas la quit-

ter; mais elle lui objecta qu'à son âge, sa santé pourrait souffrir de tant de soins. Elle se contentait de ceux de la femme de chambre, et la bonne tante recommanda sa nièce à cette domestique.

» Le jeune Salavas eut la liberté de venir ainsi s'établir au chevet du lit de son amante, qui avait eu soin de s'aliter quelques jours avant son accouchement. Un matin, Salavas amena un accoucheur à lui dévoué; tous deux étaient là lorsque la belle Sygemonde donna le jour à une petite fille. La mère la serra soudain sur son sein en versant des larmes de joie. Elle l'embrassait avec effusion, lorsque la porte s'ouvrit, et que l'on vit entrer la bonne tante aveugle introduisant le comte Sygemond lui-même, accompagné du jeune Théobald. L'accouchée s'écriait: *O ma fille! que tu m'es m'es chère !* au moment même où sa tante disait au comte: Elle est malade, cette chère enfant ; mais la vue d'un père chéri va lui rendre la santé.

» On juge de la stupéfaction des deux amans !

» Ciel ! s'écrie le comte, dois-je en croire mes yeux ! Ce médecin, cet appareil, cet enfant nouveau-né dans les bras de.... Fille coupable ! qu'avez-vous fait ? — Mon père ! oui, je suis coupable ! mais ne punissez que moi !

» Salavas, essayant un beau dévouement, interrompt Sygemonde en se jetant aux pieds du comte, en lui disant : C'est moi seul qui suis criminel. Un amour mutuel, violent, irrésistible nous a portés !.... — Quoi ! misérable, reprend le comte furieux, tu as violé les lois de l'hospitalité, de la reconnaissance, au point !... Tu es le père de cet enfant ! ô honte !...

O mon cher Théobald , que je suis
humilié de vous avoir rendu témoin
de cette scène !... Vous qui espériez
épouser un trésor de sagesse , de
vertu ! vous qui lui apportiez, comme
gage de l'hymen , les plus beaux dia-
mans , les bijoux les plus précieux,
un titre distingué, des biens considé-
rables , un amour sincère enfin et
une estime sans bornes. Vous la
voyez cette fière beauté ! Elle a dé-
daigné les partis les plus brillans ,
pour céder à un homme sans nom ,
sans état , sans fortune , que j'ai accablé de bienfaits, qui m'en récompense en déshonorant ma maison....
Retournons, Théobald ; retournons
vers votre père. Emportons cet enfant , gage de la honte , de la perfidie,
et, en le privant de son état civil , en
le laissant à jamais dans l'ignorance
de sa naissance, que cette scène, qui

n'a que nous pour témoins, reste cachée, comme un secret de famille !
Qu'on me livre cet enfant ?

» Monsieur, dit Salavas, on ne
l'aura qu'avec ma vie !—Imprudent !
retirez-vous de devant mes yeux, n'y
reparaissez jamais, et gardez le silence
sur votre crime, sinon les lois vous
en puniront ! Quant à vous, ma belle-
sœur (*s'adressant à la vieille*)....

» Elle répond : Je vous jure, mon
frère, que je suis toute aussi surprise,
aussi tremblante... j'ignorais... — Je
me doute qu'on a profité de votre
infirmité. Donnez néanmoins des
soins à cette fille coupable. Quand
elle sera rétablie, elle apprendra de
ma bouche le sort que je lui destine.
Pour le moment, je lui donne ma
malédiction : puisse le poids l'en accabler à jamais !...., Nous, partons,
mon cher Théobald ; notre chaise de

poste, qui nous a amenés à l'hôtel ;
de l'hôtel ici, est encore chargée de
nos bagages, remontons-y et retournons en Bohême, où je dois des explications et des excuses à votre respectable père !

» Tout le monde est terrifié. Le
comte s'empare de l'enfant nouveau-
né, sans que personne ait le courage
de l'en empêcher, et il disparaît avec
le jeune Théobald, qui partage son
indignation.

» Quand ils sont partis, la belle
Sygemonde, pénétrée de douleur,
s'écrie : Mon enfant ! mon enfant !
— Je vous le rendrai, madame, répond Salavas ! soyez sûre que je vous
le rendrai !

» Il sort à son tour, abandonnant
sa victime à ses chagrins et aux justes
reproches de sa tante.

» Il court retrouver Le Roc et lui

apprend ce qui vient de se passer. Ces méchans concertent entre eux un projet affreux, et qu'ils vont sur-le-champ mettre à exécution.

» Il fallait, pour arriver à la terre du comte Sygemond, traverser une forêt qu'on disait investie depuis peu par une troupe de voleurs.... »

Ici, le récit de Gérald fut interrompu par l'arrivée de quelqu'un qu'à coup sûr on n'attendait pas, quoiqu'on parlât de lui en ce moment. Quel fut donc l'étonnement de Gérald et de Fidély, quand ils virent entrer le baron de Salavas lui-même, mais seul et sans son compagnon habituel.

————

CHAPITRE XIV.

Qui rappelle l'épigraphe de cet ouvrage.

Le baron de Salavas, quoiqu'il n'eût ni ame, ni sensibilité, accablait la marquise de visites et de consolations ; ce n'était pas qu'il prît au fond un grand intérêt à elle ; mais il le faisait, par esprit de commérage, et pour satisfaire son goût qui était de se mêler toujours des affaires des autres. Le chagrin d'autrui faisait sa joie, et il n'était pas bien là où il trouvait le bonheur et la tranquillité. Il entra donc un matin chez les dames et leur dit : J'ai quelque pressentiment que je découvrirai l'adresse de l'aveugle, et par conséquent celle de Fidély ; il n'y a pas de doute que ce vieux fou n'ait caché quelque part votre fils avec lui. Le Père Eustache doit être encore dans le pays ; car je viens de rencontrer à la fontaine son jeune sourd et muet, qui l'y attendait apparemment. Une affaire m'appelait chez un notaire, je n'ai pu y rester.

Micheline, qui était présente, dit : On vous a trompé, monsieur le baron, si l'on vous a dit que Bénédy, ce conducteur de l'aveugle, fût sourd et muet en même temps. — On ne me l'a pas dit, je l'ai cru. — Cet enfant n'est que muet ; il entend à merveilles ; mais il ne peut répondre. — Ab, ah, si j'avais su cela, j'aurais trouvé, moi, un bon moyen pour le faire répondre.

Ici, Inèsia dit à la marquise : Permettez-moi, madame, d'aller prendre un peu l'air du parc ; je me sens une migraine !... suis-moi, Micheline?

Elle sort avec la bonne gouvernante, et continue : Micheline, je n'ai nulle envie d'aller me promener ; mais j'ai pris ce prétexte pour te prier de m'accompagner jusqu'à la fontaine Sainte-Catherine, où sans doute nous trouverons l'aveugle, d'après ce que vient de dire mon tuteur ! —Je vous suis avec plaisir, mademoiselle ; Dieu veuille que nous y voyons le Père Eustache et notre fugitif ; car j'ai dans l'idée qu'ils ne se quittent pas. Qu'on m'en demande la raison, je l'ignore.

Ces deux femmes se rendent en toute hâte à la fontaine ; mais elles n'y trouvent personne, pas même le jeune conducteur que le baron y a vu. Elles attendent ; elles regardent de tous les côtés ; mais en vain.... Elles questionnent le bon laboureur dont le champ est à deux pas du bassin. Cet homme leur dit que, depuis trois semaines, on n'a pas vu l'aveugle, qu'on le croit hors du pays.

Inèsia est au désespoir; cet endroit, si souvent visité par des amans heureux, ne sera donc plus que le témoin de sa peine !... Elle quitte enfin ce lieu fatal ; mais avant, elle répand des larmes sur le bord de la fontaine, en s'écriant : Onde fugitive et passagère comme le bonheur, tu ne réfléchiras plus les traits de celui que j'aime ! tu le vis le jour, où, fortunés tous deux, prêts à former les plus doux liens, nous nous arrêtâmes près de toi ! tu reçus le serment qu'il me fit alors de m'adorer toujours ! il l'a oublié aussi vite que tu l'emportas dans ton cours !... Ce serment, je me le rappelerai toute ma vie : *O mon Inèsia,* me dit-il ! *tant que cette eau coulera et alimentera cette petite rivière qui fait mouvoir ce moulin, je t'aimerai, je t'adorerai, je ne vivrai et ne mourrai que pour toi !...* Tant que cette eau coulera !... Hélas ! l'eau coule encore, et il a changé ; il m'a abandonnée !... Est-ce pour une autre femme !... oui, oh oui, il est infidèle. Sans cela, quelle raison aurait-il de me fuir, de quitter sa mère, le doux asile de son enfance. Il aime une autre, et la honte, la froideur, l'indifférence, l'éloignent de tous ceux qui pourraient lui faire de justes reproches.... Adieu, lieux témoins de son serment et de son parjure ! je m'éloigne de vous, pour ne vous revoir jamais.

Inèsia prit le bras de Micheline, et toutes deux revinrent au château d'Arloy, où elles ne trouvèrent plus le baron. La marquise y était seule et inquiète de l'absence de sa fille adop-

tive. Nous venons, dit Inèsia, de faire
à la fontaine une démarche encore
inutile. On dit le Père Eustache absent de ces lieux, et sans doute Fidély
dont il paraît être le conseil. Ma
bonne mère ! voici le moment de
suivre le plan que nous nous sommes
tracés. Mon caractère est assez ferme
pour ne point redouter les fatigues
des voyages. Prenons, toutes les trois,
des habits d'homme et courons après
notre fugitif. — Je le veux bien, répondit la marquise, la tendresse
maternelle me rendra des forces que
l'âge n'a point encore épuisées chez
moi, puisque je n'ai pas encore quarante ans ; mais la douleur m'avait
bien affaiblie. Je me sens mieux, et
le but de nos recherches étant le
même, j'aurai autant de courage que
mon Inèsia. Partons, ma fille, quand
vous voudrez, et prions le Seigneur

qu'il dirige nos pas vers celui que nous ne quitterons plus, je l'espère, dès que nous l'aurons retrouvé. — Oh, reprit Inèsia, nous nous attacherons à lui de manière à ce qu'il ne puisse plus nous échapper !

Micheline ajouta en souriant : Quand il aura trois femmes à sa poursuite, nous verrons ce qu'il deviendra. — Ce projet, répliqua la marquise, paraîtra fou, extravagant ; mais, au moins, il nous forcera à voyager, et cela nous distraira de nos peines.— Qui sait, reprit Micheline, j'ai un pressentiment que nous réussirons dans nos recherches. La nature, l'amour et l'amitié réunis, sont bien ingénieux ! — D'ailleurs, mon Inèsia, nous ne voyagerons pas en chevaliers errans. Nous aurons une bonne voiture, de l'argent. ... point de domestiques ; Micheline sera

par-tout notre valet de chambre ; elle
est assez alerte et sur-tout assez attachée à nous pour bien jouer ce rôle.
—O mes bonnes maîtresses, comptez
sur moi !— Voilà qui est dit. Ils sont
partis ; partons à notre tour. Quels
endroits visiterons-nous d'abord? des
villages ; c'est là qu'on est plus sûr
de rencontrer un mendiant, tel que
cet aveugle, plutôt que dans des bois,
dans des forêts. Nous questionnerons
tout le monde et nous verrons.

Ce parti étant bien décidé, nos
dames s'occupèrent des préparatifs
de leur départ, qui fut fixé au lundi
suivant.

Cependant le baron de Salavas,
après avoir causé quelques momens
avec la marquise, l'avait quittée pour
aller réfléchir à d'autres projets (ce
que nous saurons par la suite), en
se promenant au bord des monta-

gnes, à un quart de lieue de son château. Sa rêverie le conduisit au pied
d'un grand mur qui paraissait former une enceinte quarrée, au milieu
de laquelle s'élevait une assez jolie
maison de campagne. Cette habita-
tion était située à l'entrée d'un bois
épais. Le baron n'était jamais venu
de ce côté, attendu que les chemins
qui y conduisaient étaient arides, iso-
lés, et même peu sûrs, à ce qu'on disait.

Tandis qu'il examinait cette pro-
priété, il aperçut le jeune conducteur de l'aveugle, qui, le voyant,
se mit à fuir à toutes jambes. Le baron soupçonnant quelque mystère, et
sachant que l'enfant n'était pas sourd,
tira un pistolet, qu'il portait toujours
sur lui, et s'écria ; Arrête, Bénédy,
arrête ; je ne te ferai pas de mal ;
mais si tu fuis toujours, je te brûlerai
la cervelle !

L'enfant, intimidé, s'arrête en tremblant, en s'agenouillant et en croisant les mains pour demander grace.

Le baron s'approche de lui, et lui tenant toujours le pistolet sur la gorge, il lui dit : Où vas-tu ?

L'enfant lui désigne du doigt la maison, comme pour lui répondre : Là.

Là, reprend le baron? L'aveugle y est-il ?

L'enfant se tait. Le baron continue, en le menaçant de son arme : L'aveugle y est-il ?

L'enfant, tremblant de tout son corps, fait signe de la tête qu'il y est.

« Qui ouvre cette porte ? »

L'enfant lui montre une clef.

« Allons, ouvre-moi? je ne veux faire de la peine à qui que se soit, et tu verras qu'on ne te grondera pas de m'avoir introduit là dedans.

L'enfant ouvre en effet la porte, et le baron entre en serrant son pistolet dans sa poche.

———

CHAPITRE XV.

~~~~~~~~~~~~~~~~~~~~~~~~~~~~~~~~~~

CHAPITRE XV.

Changement de décoration.

On conçoit bien que le pauvre aveugle ne put pas reconnaître d'abord le baron ; mais il entendit marcher quelqu'un et demanda à son fils : Qui est là ? — Père Eustache, répondit Fidély, c'est le baron de Salavas. — Le baron de Salavas ?

C'est moi-même, dit le baron, qui ai eu enfin le bonheur de découvrir votre retraite. Fidély est avec vous, Père Eustache ? Je l'aurais parié, quoique je ne puisse pas concevoir encore ce qui l'attache ainsi à votre piteuse destinée. — Je vous l'apprendrai un jour, monsieur, dit Fidély avec un ton menaçant ! — Moi, monsieur, je

I. 26

n'ai pas besoin de le savoir ; c'est
votre mère qu'il faut en instruire ; et
si vous vous taisez , elle prendra des
moyens !....

Père Eustache s'écrie : De quel
droit , monsieur , venez-vous ici nous
insulter ! — Eh là , Père Eustache ,
vous vous emportez à tort ; je ne
veux que la paix , moi , et je ne viens
que vous offrir ma médiation dans
tout ceci. Un simple malentendu
sans doute a éloigné un fils de l'auteur de ses jours ? Confiez-le moi ;
la marquise est bonne , douce ; elle
adore Fidély. J'arrangerai cette affaire ; de toutes les manières , je l'arrangerai. S'il veut rentrer au château,
je lui éviterai les grondes , les reproches. S'il a de fortes raisons pour s'en
éloigner , que je les connaisse , je les
jugerai , et alors on pourra lui faire
une pension alimentaire ; car il ne

possède rien ; il n'a rien emporté ;
il a eu même la sotte délicatesse de
renvoyer ses habits, ses bijoux, jusqu'à son argent, comme si un riche
héritier, tel que lui, ne pouvait
plus disposer de ses propres effets.

L'aveugle répond : Tout ce que
vous dites là, monsieur le baron, est
fort insidieux. Sans doute, si l'on
ajoutait foi à ce discours, à ce prétendu intérêt, on ne risquerait rien à
vous révéler les secrets les plus im-
portans, en cas qu'on en eût ? Mais
on vous connaît, monsieur ; on sait
ce dont vous êtes capable ! On ne se
fiera pas à un homme rusé, faux, perfide, qui a déjà abusé tant de fois de
la confiance, de la bienfaisance et de
l'amitié.

L'aveugle, en disant cela, allon-
geait les longues manches de sa robe
sur ses mains pour les rendre invisi-

bles. Cette précaution rappela l'attention du baron sur l'objet véritable de ses
recherches. Il répliqua d'un ton miel-
leux : Comme vous me traitez , Père
Eustache! qui m'a donc si fort calom-
nié auprès de vous ? moi qui plains ,
qui aime tous les malheureux , et qui
prenais à votre sort cruel un si grand
intérêt. Avouez que vous ne me connaissez pas ? Sans cela , je me fâche-
rais très-fort. Mais je veux faire la
paix avec vous , et nous causerons
après d'amitié…. Voulez-vous faire
la paix ? Allons ?...

L'adroit baron saisit soudain la
main droite de l'aveugle , et a le
temps d'en relever la manche , de
l'examiner, avant que l'autre ait pu la
retirer. Que devient le baron quand
il aperçoit la cicatrice dont il a connaissance , et qu'on lui a indiquée !
Il s'écrie. Ah! j'ai réussi enfin ; vous

êtes Gérald ! — Je le suis, répond fermement l'aveugle. Homme traître et méchant, je suis en effet ce Gérald que vous poursuivez ; mais n'oubliez pas que, pour l'intérêt même de votre ami, vous devez vous taire devant ce jeune étranger qui ignore tout ! — O providence, tu me l'as donc fait découvrir ! Gérald ! vous connaissez toute l'étendue des pouvoirs qui me sont délégués ? — Misérable ! si je n'avais à craindre que votre obéissance à suivre vos devoirs ; mais j'ai trop de preuves que vous êtes capable de tout ?—Pourquoi ? Ai-je à me plaindre de vous, moi personnellement ? Et si le glaive des lois n'était pas remis en mes mains.... On l'a voulu, j'ai promis, il faut bien que je tienne ma parole.—En voilà assez, sortez ? — Oh, sortir ! Vous savez, Gérald, lequel des deux a ici le droit

de menacer l'autre ? ... Accordez-
moi, ce soir, un entretien particulier?
dans cette maison même, si vous le
voulez; mais point de trahison, point
d'embuscade. Donnez-moi votre parole, elle me suffira !

L'aveugle soupire et dit : C'est la
récompense des bons que de voir
les méchans leur rendre justice. Vous
me rendez justice en convenant de la
sûreté de ma parole ; on n'en dirait
pas autant de la vôtre. ... Mais je ne
veux vous parler ni en secret, ni en
public; je vous méprise trop pour
avoir avec vous la moindre relation.
Je vous conseille en même temps de
ne pas mettre votre ordre à exécution. J'attends des nouvelles.... des
événemens qui pourraient vous en
faire repentir, et plus promptement
que vous ne le pensez. — Vous refu-
sez donc tout moyen de conciliation?

— Cette affaire est-elle susceptible d'une conciliation? avec vous sur-tout.

— Eh bien, homme vain et entêté, je sors.... Oui, je sors; mais je vous avertis que je vais donner de l'or à tous les paysans que je rencontrerai, pour qu'ils entourent cette maison et vous y gardent à vue, jusqu'à ce que des soldats soient venus vous y arrêter. Cette forêt elle-même en sera investie, et l'on s'emparera de vous, quelque adresse, ou quelques efforts que vous mettiez à fuir! Adieu!....

Fidély veut se jeter sur le baron, en s'écriant : Méchant, tu ne sortiras pas.

Gérald arrête son fils et lui dit : Monsieur le marquis, laissez-le partir. J'ai dans mon porte-feuille de quoi déjouer tous ses projets.

Le baron se retire en lançant à l'aveugle et à Fidély un regard où se peignent la menace et la fureur !

A peine est-il parti, que le jeune Bénédy vient se jeter aux pieds de son maître, en pleurant, en demandant pardon, en lui racontant, par ses gestes accoutumés, la manière dont il s'était vu, en revenant de faire une commission, forcé d'introduire le méchant seigneur, ainsi qu'il l'appelait.

Gérald le releva, l'embrassa, en lui disant : J'oublie cela, mon enfant; mais nous allons changer de condition, N'oublie pas, dans le nouveau poste que je t'assignerai, de montrer plus de force, plus de courage, enfin plus de présence d'esprit !

Vernex rentra aussitôt. Gérald lui raconta, à son grand étonnement, la scène qui venait d'avoir lieu. Puis il ajouta : Mon ami, mon fidèle Vernex, venez que je vous parle.

Il

Il l'emmena dans l'embrasure d'une fenêtre, lui parla bas très-long-temps, conversation dont Fidély respecta le mystère. Ensuite Gérald, revenant à son fils, lui dit : Fidély, voici le moment de courir de nouvel-les aventures ; si elles t'effraient, si tu ne te sens pas le courage de les par-tager avec moi, tu es encore le maî-tre de retourner au château. Choisis ? —Mon père, ma situation est bien douloureuse;elle est neuve sans doute; aucun fils n'en a jamais éprouvé une pareille ! Je perds tout enfin pour vous suivre, sans savoir où je vais, ce qui m'arrivera avec vous. Certes, l'avenir est affreux pour moi, pour moi ! qui ne sais rien des secrets de mon père!... mais ce père est menacé, poursuivi, malheureux ! Je serais un lâche de l'abandonner... Mon père, disposez de votre fils. Il vous l'a juré, il vous le jure encore, il est à vous à la mort et à la vie.

Fidély, en prononçant ces derniers mots, met un genou en terre devant l'auteur de son existence, et saisit une de ses mains qu'il couvre de baisers et de larmes.

Gérald, ému, s'écrie : Tu es digne, ô mon cher fils, de connaître au moins les traits d'un père à qui tu te dé-voues si généreusement ! Lève la tête et regarde-moi.

Gérald arrache à l'instant sa fausse barbe, le bandeau noir qui couvrait ses yeux ; il se dépouille en même temps de sa longue robe d'aveugle, et Fidély, au comble de la joie, voit un homme, non seulement bien clair-voyant, mais doué de la plus belle figure, et qui n'annonce pas avoir plus de quarante ans. Que vois-je, dit le jeune homme ! Comment, monsieur, vous êtes ?... — Nous n'avons pas, mon fils, un instant à perdre ; des sbires peuvent bientôt entourer cette maison.... J'ai plus à craindre encore que ces soldats, que cette prison dont on me menace. Charge-toi de ce paquet ; voici le mien, et partons.—Ciel, mon père ! — Embrasse avec moi ce fidèle ami ? Bien !.. Adieu, Vernex ? nous nous reverrons où tu sais !... Es-tu prêt, mon fils ? Encore une fois, partons. — Où allons-nous, mon père ? — Courir sans doute de nouveaux dangers ; mais nous saurons les braver. Viens, Fidély, viens, ô le vrai modèle des bons fils !

FIN DU PREMIER VOLUME.

TABLE

DES CHAPITRES

Contenus dans ce 1.er volume.

———

TABLE.

Fin de la Table du 1er. Volume.

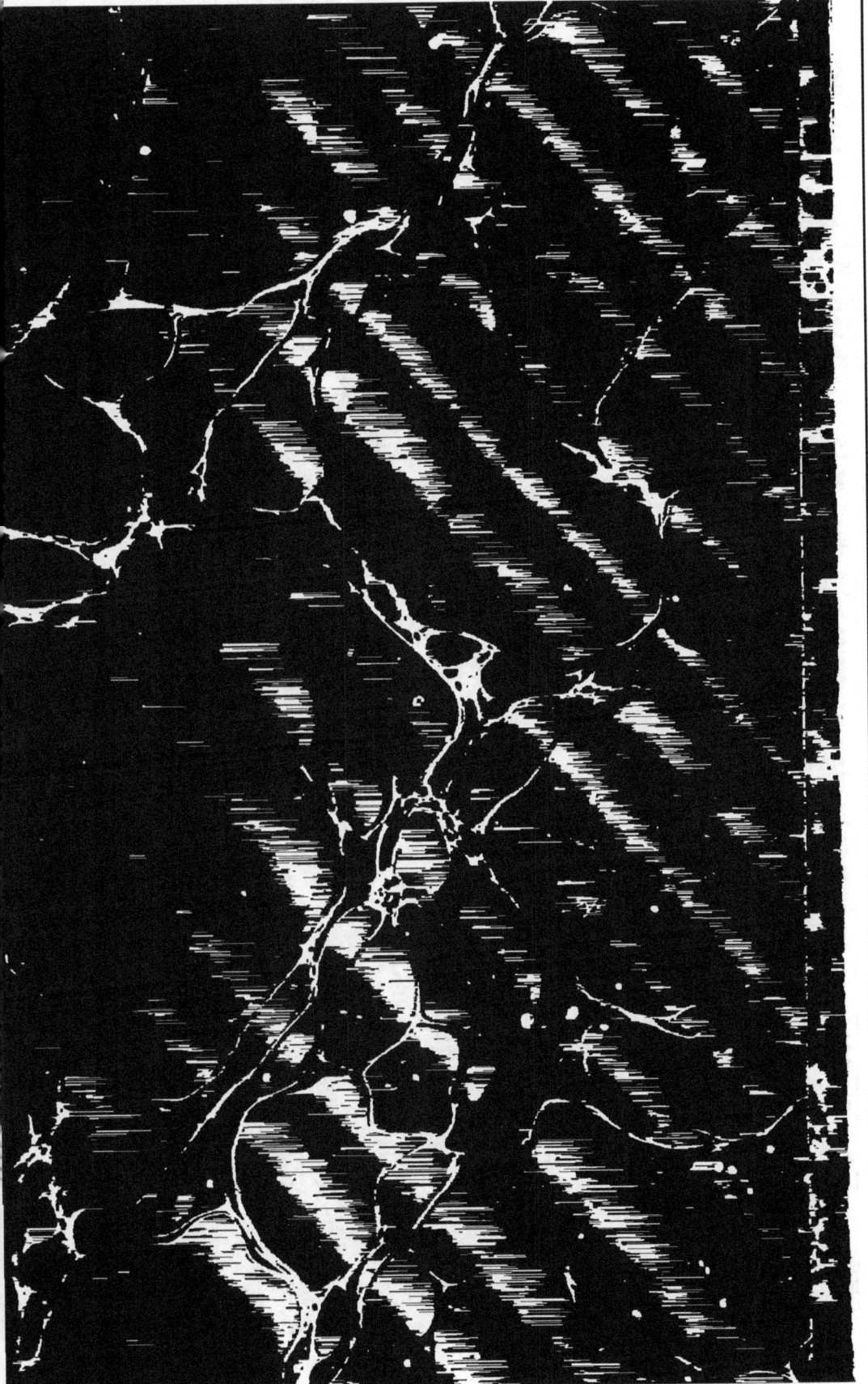